紅霞後宮物語　第十一幕

雪村花菜

富士見L文庫

目次

宸国47~51代家系図

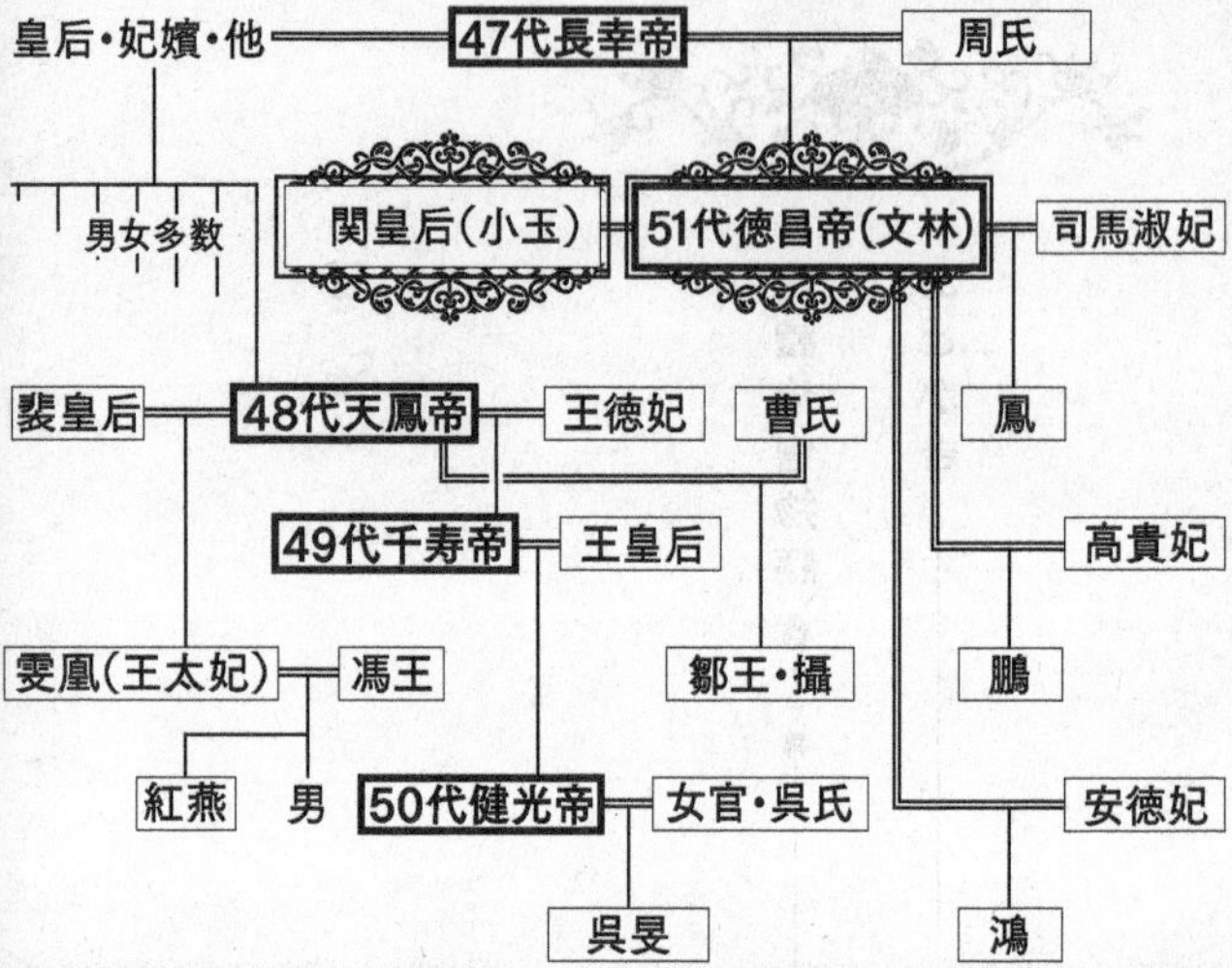

地図（中宸）

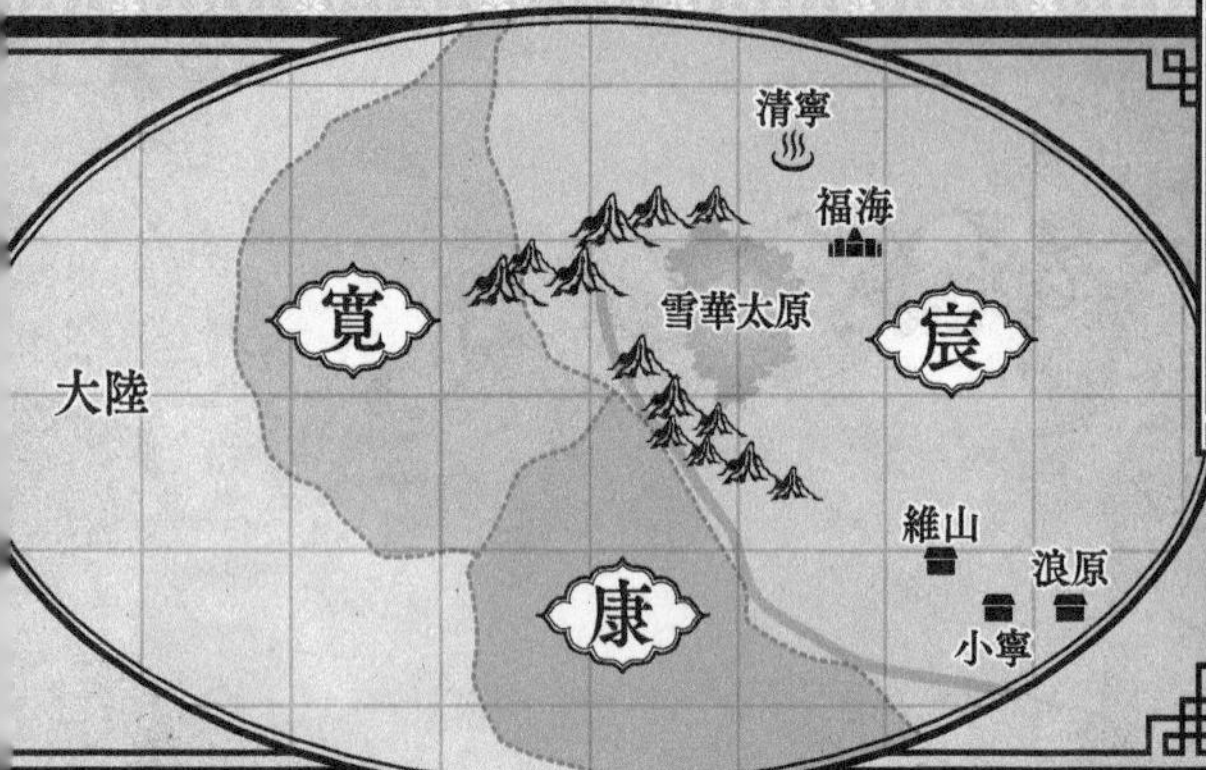

宸国妃嬪位階表

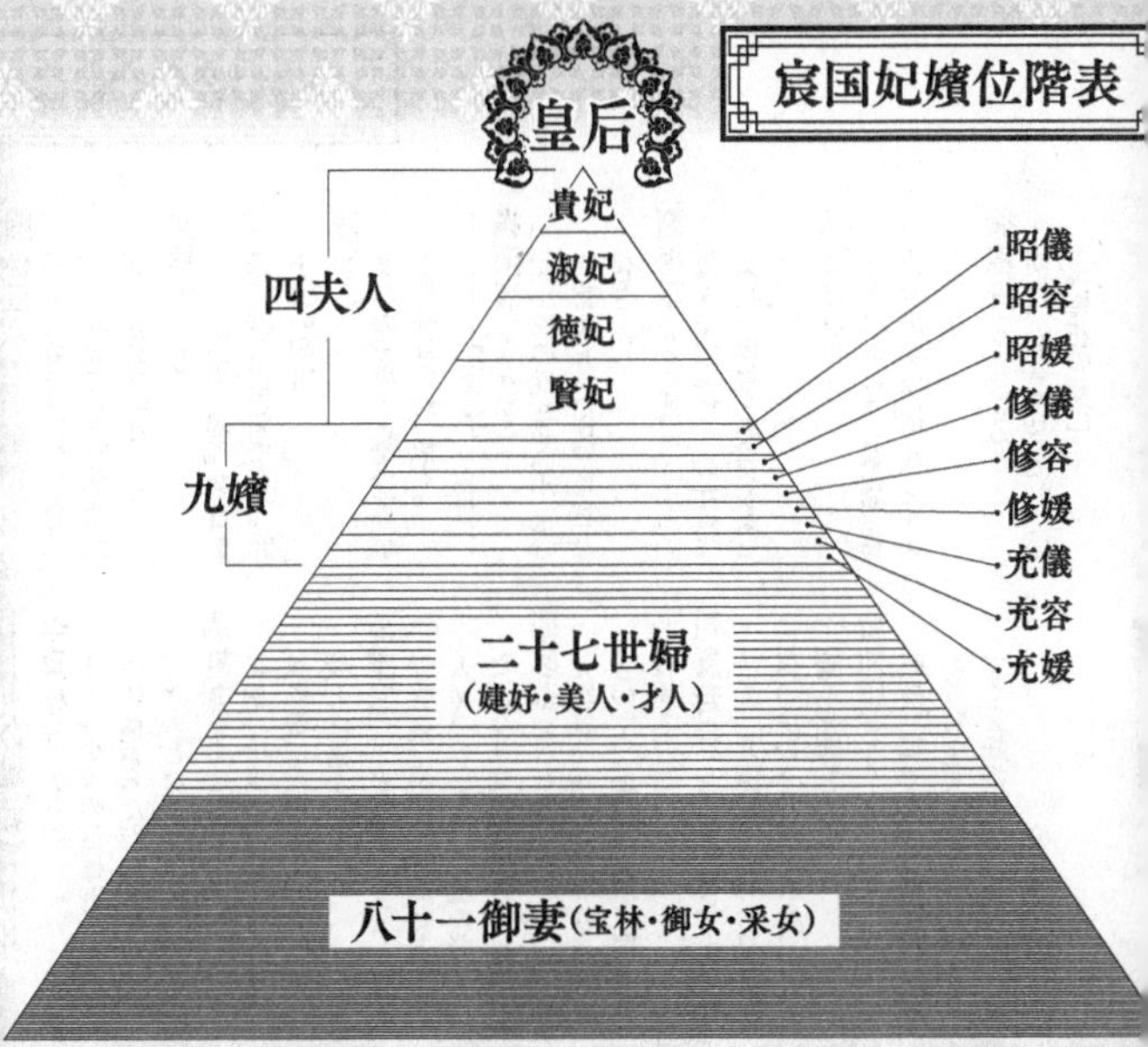

【寛国】

文化や風俗的には宸国に近い。

寛帝（かんてい）
寛国皇帝。梨妃を寵愛している。

梨妃（りひ）
寛国皇帝の寵姫。康国女王の叔母。

姫昴（きこう）
寛の将軍。

羊氏（ようし）
故人。樹華の父に横恋慕した寛国の太皇太后。

元氏（げんし）
羊氏の姪。寛国の皇太后。

【康国】

女系重視の国で、近親婚も多い。

女王（じょおう）
康国の君主。

大叔父（おおおじ）
女王の大叔父。金然の信奉者。

《その他》

金然（きんぜん）
故人。母子関係を神聖視する宗教団体の長。

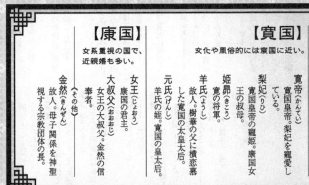

人物紹介（宸国）

関小玉（かんしょうぎょく）
三十三歳で後宮に入り、三十四歳で皇后となった武官。貧農出身。

文林（ぶんりん）
五十一代徳昌帝。女官を母に持ち、民間で育つ。元小玉の副官。

鴻（こう）
文林の三男で皇太子。小玉に養育され、懐く。

《後宮》

楊清喜（ようせいき）
元小玉の従卒で、小玉の後宮入りに伴い宦官となる。

劉梅花（りゅうばいか）
故人。小玉付きの女官。文林の母親と親交があった。

元杏（げんきょう）
小玉に助けられた娘。梅花の後釜候補として女官になる。

徐麗丹（じょれいたん）
尚宮。女官を統括している。梅花の知己。

《妃嬪たち》

李真桂（りしんけい）
才人。小玉の信棒者。元は昭儀だったが、降格して才人となった。

馮紅燕（ふうこうえん）
貴妃。小玉の信棒者。雯凰の娘。王太妃譲りの美貌と性格を持つ。

薄雅媛（はくがえん）
元充儀。真桂、紅燕と友人関係を結ぶ。雯凰の養女になり後宮を出た。

衛夢華（えいむか）
元婕妤。元小玉の取りまきの一人。嫁ぐ雅媛に同行する。

司馬若青（しばじゃくせい）
故人。元淑妃。文林の長男の生母。小玉暗殺を目論み死罪となる。

茹仙娥（じょせんが）
昭儀。亡くなった姉に代わり後宮入りする。文林の子を妊娠中。

《文林の血縁》

鳳（ほう）
文林の長男。小玉の命を狙い、死罪を命じられる。

鵬（ほう）
故人。文林の次男。母親である高媛により殺害される。

祥雯凰（しょうぶんおう）
王太妃と呼ばれる三代前の皇帝の嫡女。文林の姪。亡き馮王に嫁ぐ。

《小玉の血縁》

関丙（かんへい）
小玉の甥。農業に従事している。

《軍関係者》

張明慧（ちょうめいけい）
故人。最強の筋力を誇る武官。小玉の片腕にして親友。

納蘭樹華（ならんじゅか）
故人。明慧の夫。隣国寛から亡命してきた武人。

鄭綵（ていさい）
小玉の二代目副官。王蘭英の娘。

沈賢恭（しんけんきょう）
文林付きの宦官。以前は武官として働いていた。元小玉の上官。

王蘭英（おうらんえい）
文官として文林に仕えている。元後方支援の武官。

李阿蓮（りあれん）
小玉の元同僚。現在は食堂を経営している。子だくさん。

陳叔安（ちんしゅくあん）
小玉の元同僚。

秦雪苑（しんせつえん）
皇后となった小玉の部下。崔冬麗・王千姫と共に三羽烏と呼ばれる。

《その他》

納蘭誠（ならんせい）
明慧と樹華の息子。

孫五（そんご）
宮城の厩番。

「ああ、行ってしまわれた……」

離宮へ向かう皇后の見送りを終えて、紅燕《こうえん》が自分の宮にとぼとぼと戻ってきたのを、雨《う》雨《う》は優しく出迎えた。

とぼとぼ……という表現を使ったが、彼女は仮にも貴妃《きひ》。余暇の散策を除けば、ちょっとした移動でも徒歩なんてことはありえないし、今回もそうだ。実際の彼女は輿《こし》に乗って行って帰ってきたので、とぼとぼという表現はおかしい。

だが今の彼女の心情には、「とぼとぼ」こそがもっとも似合う。ここはあえて「とぼとぼ」という表現を使うべきだろう……そんなことを考えているのは、紅燕づきの女官である雨雨であった。

彼女の脳裏には「こういう機微を大事にしてこそよ」と言って、にこやかに笑う前の主《あるじ》の姿が浮かんでいる。とてもいい笑顔でこちらに手を振ってくれている……ええ、わかってます、お嬢さま。

なんだか故人を悼むみたいな心持ちになってしまったが、はるか遠い異郷の地に嫁いだお嬢さまは絶対に健在だろうなという確信が雨雨にはあった。

なにせつい先日も大作が手元に届いたのだから、元気も元気であることは間違いない。

創作はとにもかくにも心身を消耗させる事業だ。他の仕事だってそうだけれど、それはさておく。

世の中、自らを削るようにして創造する人間もいるにはいるが、雅媛《がえん》はそういう類《たぐい》の人間ではないということを、雨雨はよくわかっていた。

心身立場含めて「自分大事に」を第一に掲げ、そのうえでの趣味に没頭する……雅媛はそういう人だから、作品が届くたびに雨雨は安心している。便りがないのはよい便り、作品が届くのはもっとよい便り、という人間なのが雅媛であった。

——今回もお元気そうでなによりです、お嬢さま。雨雨はお嬢さまの健全な創作活動を応援しています。

……内容が健全であるかは置いておく。

誰かに啓発するみたいな呼びかけを、誰に言うわけでもなく自らの胸中でのみ呟《つぶや》き、雨雨は「お帰りなさいませ」と声をかけた。

「お疲れでしょう、お茶の用意をしております」

紅燕は暗い声で拒絶する。

「いらない……」

うつむく彼女に、おや拗《す》ねてらっしゃるのかしらと雨雨は思った。紅燕は聡明《そうめい》な姫ではあるが、雨雨の前主よりはだいぶわかりやすい人間だ。

決して馬鹿にしているわけではない。なにせ彼女は、雨雨のお嬢さまの妹である。義理だけれど妹君であることに間違いはないから、雨雨にとってはお仕えする価値のある方であった。

え、お嬢さまの実の家族？　はて……そんな方いらっしゃったかしら、知っているなら尽くす気にもなりますけれども、あいにく記憶力が悪いもので。

……今のところ雨雨がお仕えする人間は、目の前のかわいらしいお姫さまただ一人だった。

「お体の具合でも？」

そう言って覗《のぞ》きこむようにして彼女の顔を見る。とても無礼なことではあるけれども、紅燕が叱りつけることはなかった。彼女は親愛を持って接してくる相手には弱いらしい。

このお姫さまの性質に触れたとき、雨雨は少なからず驚いた覚えがある。少なくとも雨雨が生まれ育った環境下には、そういう甘さを持って育った人間は一人もいなかった。自分

も お嬢さまも含めて。

それとも真に高貴な方とは、こういうものなのかしら。そんなことを思ったことはあるが、だからといって彼女の母である王太妃《おうたいひ》に、雨雨は同じ言動をしようとは思いもしないから、これは紅燕個人の性質なのだろう。王太妃に対しては、やった三拍後くらいには、王太妃が命令するよりも早く首が飛ぶということがわかりきっているから。

手を下しかねない人間の心当たりもある。筆頭は、おそらく魏香児《ぎこうじ》あたりだ。つい先日まで紅燕に仕えていたが、元は王太妃の熱狂的な子飼いである。彼女の場合、紅燕に対する雨雨の態度を見ても首を刎《は》ねにかかりそうだ。

彼女の王太妃母子に対する忠誠は、行きつくところまで行きついてしまっているので、雅媛に対しては誰よりも一途《いちず》であると自負する雨雨も、彼女には敗北を素直に認める。なお真桂《しんけい》に仕える細鈴《さいりん》は、勝負する気にもならないと言っていたので、細鈴に対しては多分勝っていると思う。勝負事というのは、意外にいろんなところに転がっている。

もっとも、香児は物理的に距離が離れているところにいるので、彼女に殺されることはまずないのが安心ではある。ただ、彼女が現在いるところがお嬢さまの近くで、というかお嬢さまの護衛をしているので、安心なんだけど安心できない複雑な気持ちであった。

魏香児のことはともかく、たぶん自分は紅燕が今のままの精神を保ったままならば、これからもこのお姫さまの顔を覗きこむのだろうし、きっと許されるのだろうと思っていた。

紅燕のそれは甘さではあるけれども、健全に育った証《あかし》である。

雨雨は健全な創作活動を応援しているし、健全に育った女の子がその性質を保つことも応援している。

「……なにか怖いことでも？」

質問を変えると、紅燕は顔を上げてきっと睨《にら》みつけた。

「怖いことではないわ」

怖いことであったらしい。

話を聞くに、徐尚宮《じょしょうきゅう》が紅霞宮《こうかきゅう》の水に毒を盛られたのではないかという仮説を立て、自分の体で実証に乗り出したとか。

それを聞いて、なんて前のめりな生き方をする女性なんだろうと、徐尚宮に心底感嘆した雨雨である。

徐尚宮はあまり好かれていない人間であるし、雨雨自身彼女のことをあまり好きではない。直接なにか嫌がらせをされたわけでも叱られたわけでもないが、尚宮という地位の人間は女官たちにとって大姑《おおじゅうと》みたいな存在で……まあ……わかる人にはわかるはず。「そういう感情」を抱く存在だ。

特に自分のように、妃嬪《ひひん》が実家から連れてきた類の女官は、試験を通っているわけではないので、徐尚宮の前にいるのはかなり肩身が狭いというか、息苦しいというか。だから「あまり好きではない」程度なのは、雨雨にしてはけっこう好意的な感情である。

そして今それに「敬意」が加わった。蛮勇に対するものであったとしても、敬意は敬意だ。あと他の女官を犠牲にしない方策をとっているあたりの誠実さに、雨雨は本当に感服している。

「この宮は……大丈夫かと思って」

「ま、あ……」

言葉を濁したのは、雨雨も大丈夫かどうか危ぶんだからではない。「たぶん大丈夫じゃないけれど、はっきり言うのはためらってしまう」という気持ちによるものである。大丈夫ではないことに対しては、危ぶむどころか確信している。

なにしろここは後宮、愛はなくとも憎と欲はたんまりうごめく魔境である。

そこらの井戸に毒がほいほい沈んでいることはさすがにないだろうが、人間の一人や二人が沈んで死んでいるのは間違いない。記録を確認しなくても確信できるし、なんならまだ骨が沈んでいたとしてもおかしくはない。

それを思うといい気持ちにはなれないが、けれども気持ちだけで生きていけるわけでもなし。

そういえば一時期皇帝の寵《ちょう》を受けた謝賢妃《しゃけんぴ》は池で溺死《できし》したが、あそこの水だって飲用ではないものの生活用水として使われる。今紅燕が着ている服は、たぶんそこの水で洗濯されているのだ。

でもしょうがないことだ。水を使わず生きられないのが人間。

そして置かれた環境に適応するのもまた人間。

母親である王太妃が後宮育ちであることを思えば、こういうことぐらい紅燕も知ってはいるはずだ。多分実感がないのだろう。彼女の両親は、皇族としては異例なくらい仲のよい夫婦であったと聞くし。

「…………」

雨雨はちょっと逡巡《しゅんじゅん》して、なにも言わないことにした。遅かれ早かれ実感するであろうことだが、この場合は遅いほうがたぶん彼女のためにいいことだ。

「それではご酒《しゅ》でもお召しになりますか？」

話を変えると、紅燕は面白そうに目をちょっと光らせた。

「『酔わせてなにする気？』」

ああそれ、お嬢さまの三作前の作品から引用しましたね、と気づいた雨雨は、ちょっと感慨深さを感じた。「記憶力が悪い」ほうではあるが、お嬢さまの作品に限ると話は別だ。なにを引用されても、どの作品だったか言える自信がある。理想を言えば、頁数《ようすう》まで答えられるようになりたいところであるが。

さて今の紅燕の台詞《せりふ》の引用元は、雨雨にとってはなかなかに思い入れがある作品だ。雅媛初の、皇后を題材にしない物語だったからだ。少し未来の若い女の子と男の子の物語だった。

雨雨はもちろん楽しく読んだが、皇后の物語を期待する皆様方にはがっかりされたし、一瞥《いちべつ》もしない者もいた。それでも真桂をはじめとした、単純に読書自体を好む旧来の読者の中にも気に入る者はいた。真桂曰《いわ》く、「ありがちだけど、秀作」らしい。またそれまで雅媛の作品を手に取らなかった人間でも、気に入った者が出たというくらいの成果が出た。雅媛は異郷にて新境地に達し、そして新読者も得ているのだ。お嬢さまさすがです。

そして添えられていた文に「誰に求められなくても、自分が求めているから書く」と記されていたのが、雨雨をなによりも感動させた。あの保身以外に、主体性の無かったお嬢さまが……お嬢さまさすがです。でも今にして思えば、元々絵画でも我を通すところはあった気がする……。

「『悪いことをします』」

「お嬢さまさすがです」を複数回心の中で反芻《はんすう》しつつ、雨雨も引用しながら答える。紅燕はそっぽを向くほうの読者ではあったが、それでも読むことには読んでいたらしい。

嬉《うれ》しいけれども、無理に読まなくていいんですよとも雨雨は思っている。なにせ雅媛は皇后に献本しつつも、読まれることは一言も願わなかったのだから。

「この人が書いたからという理由で読む人間には、この人が書いたからという理由で読まない人間と同じ匂いがする」というのが雅媛の言である。

これについては、聞いたときさすがに過激に感じて「お嬢さまさすがです」とは思えず、あいまいな反応をしてしまったし、未《いま》だに共感はできていないけれど。

「悪いことって具体的にはなに？」

「そうですわねえ……」

引用ではなしに紅燕が問いかけてくるので、雨雨は人差し指を頬に当てて考えた。おや、いつのまにかお嬢さまの癖がうつってしまっていたらしい。

「……今日は脂っこいものを、たくさん食べるのはいかがでしょう」

「まあ、それは悪いことね！」

紅燕が顔をぱっと輝かせる。まだ幼いとはいえ貴婦人として教育を受けた彼女は、美容を意識した食材を口にするよう心がけてはいる。特に運動しないのであればそういう食生活で満足する場合もあろう。だが、彼女は舞をたしなむし、鞦韆《しゅうせん》をこいで遊ぶこともある、貴婦人なりに活動的なお姫さまだ。なのでそういうものを食べたくなることがあるのは、至極当然のことだった。

「すぐにはご用意できませんが、厨房《ちゅうぼう》の者に命じて夕餉《ゆうげ》にでも。気疲れもなさっておいででしょうから、今は午睡なさってはいかがでしょう」

「そうするわ。雨雨はこれから李《り》賢妃のところへ行くのよね？」

「はい。新作をお届けしに」

雅媛大先生はすでに、未来の女の子と男の子の物語の第二作を世に送りだしている。雨雨はもう読み終わっていたので、前作を気に入ってくれていた真桂にお届けに上がるつもりだった。彼女も皇后の見送りを終えて、自分の宮で一息ついたころだろう。

ついでに徐尚宮のことについて、意見を聞いてこようと思う。自分たちと徐尚宮の現状は、情報を交換する程度ではあるが、連携するほどではないというものだ。この状況を放っておくのは、多分よろしくない。

今回の後宮の動きもそうだが、最近対応が後手に回ってるのは、やはり皇后付きの女官が今ひとつだからなんだろうなと雨雨は思う。一芸に長《た》けた人たちではあるし、他の能力も平均以上ではある。

だが劉梅花《りゅうばいか》のような忠義と実権と謀略を釣りあいのとれたかたちで兼ねそなえ、それでいてそうは見せないというほどの人がいない。そうなるとどうなるのかというと、「こうなる」のだなと雨雨は学びを得た思いだった。

とはいえそんな偉そうなことを考える自分は、「今ひとつ」どころか「今いつつ」くらいの女官である。だから願望と実力が伴わない歯がゆさなんて、もはや慣れすぎて友だちになったといっても過言ではない。

もし自分が梅花のようであったら、お嬢さまに同行できて、今も一緒にいただろうかと詮《せん》なきことは考え飽きた。

結局は身の丈にあったことをやるしかないと理解している。そうすれば今いつつは今よっつくらいにはなってくれるだろう。それまで生きていればの話だけれど。

とりあえず今身の丈にあったこととしてやることは、真桂のところに新作を持っていくことだ……あまりにもしょうもなさすぎて、我ながらちょっと笑える。

けれどもそう思ってるうちは、まあ大丈夫だろう、多分。

「楽しんでくるといいわ」

「はい。貴妃さまも夜を楽しみにお待ちくださいませ」

「そうね」

よほど夜が楽しみなのだろう、少しだけ弾んだ足どりで寝室に向かう紅燕を、雨雨は微笑んで見送りながら、「しまった……」という思いを頑張って隠していた。たった今気づいたことがあった。

当たり前だけれど、料理にだって水は使う。

紅燕が話の途中でそれに気づいていたら、再び落ち込んで、いい感じで動いていた話が台なしになっていたことだろう。彼女が気づかなかったのは幸運だった。

一眠りしたころには、紅燕が落ちついていることを祈りつつ、とりあえずここ数日は汁物を出さないよう厨房の者に伝えておこうと雨雨は算段する。

いつまでもそれでやりすごせることができるとは思わないが、多分紅燕もそのうち自分の感情に折り合いをつけるだろう。それくらいにはしたたかなお姫さまだ。

それにしてもお嬢さまだったら、話の運び方でこういう失敗はしないのだろうなと思いながら、雨雨は異郷の前主に思いをはせる。

――お嬢さまは今ごろ、なにをなさっているかしら……。

――あの少女と少年の仲はその後どうなったんですか、続きをお待ちしております……お待ちしております……。

お嬢さまの創作の姿勢とはまったく別の次元で、皇后の出てこないあの話を、単純に雨雨が気に入っていたのであった。

※

人格者と言われている沈賢恭《しんけんきょう》であるが、それは苛立《いらだ》っても周囲に当たりちらさないだけで、不愉快なことが存在しないというわけではない。もっとも、周囲に当たりちらす人間が珍しくもないこの業界、それだけでも「立派だ」と褒めたたえられてもおかしくはないが。

今回、皇后の行啓と、その直前で明かされた茹昭儀《じょしょうぎ》の懐妊の騒ぎで、皇帝づきの宦官《かんがん》たちは相当忙しい思いをさせられた。閨事《ねやごと》の記録を再確認したり、昭儀への贈り物を手配したり。

それは賢恭も例外ではない……というか、皇帝の側仕えだからこそ一、二を争うくらい忙しかった。

もっとも、賢恭が不愉快だと思ったことはそれだけである。

賢恭は、皇帝が妃嬪《ひひん》に子を生ませることについて肯定的である。

過去の経験から「皇后」という立場に対する思い入れや、現在皇后である関小玉《かんしょうぎょく》個人への肩入れもあるが、それを差し引いてもだ。

皇帝が皇后に対する誠意に欠けているのは事実であるし、そのこと自体に賢恭個人はいい気持ちはしない。けれども賢恭は「それとこれとは別」という割りきりをかなり早くに身につけていたし、それに対して自嘲《じちょう》することもない。これは臣下として正しいあり方だと思っている。

だから、ただでさえ忙しい時分に、皇帝が仕事を増やしたことについては特にどうとも考えない。自分たち宦官はそのために存在するのだから。

だが、だからといって疑問を抱かないわけでもない。賢恭は、皇帝の様子がおかしいとは思っていた。


皇帝が茹昭儀と子を儲《もう》けたことではない。

そのことが発覚したあとの、皇后への対応についてだ。

皇帝が皇后に対して、気持ち悪い類《たぐい》の（と賢恭は思っている）執着を抱いていることを賢恭はよく知っていた。その彼が、茹昭儀の懐妊が暴露されたあと、皇后に一切会いにいかないというのは、これまでの行動を考えてもやはりおかしかった。

ただ茹昭儀の懐妊自体には、あまりおかしいところはないと賢恭は思っている。ここ数か月、皇帝は茹昭儀と茹王を会わせる機会が増えていた。褒美として無難な内容であるが、だからといって茹王を後宮内に招待するわけにはいかない。それをやってしまったら、後宮が後宮である意味がなくなってしまう。

したがってこういう場合かなりの特別扱いになるが、帝都にある茹王の屋敷にたびたび皇帝が行幸し、それに茹昭儀が随伴するという形をとる。これは先例にもある。

つまり形式的にはともかく内実は、皇帝が家族の対面のおまけになってしまうのだが、皇帝の妃嬪への寵愛《ちょうあい》が深いならば、寵妃《ちょうひ》の喜ぶ顔を見ることができてそれはそれでよいのである。

また別の思惑があったとしても、行幸というのは迎える側が最大限のもてなしをしなくてはならず、実施するだけで相手の経済力を削《そ》げるから、それもそれでよい。どちらにせよ、皇帝側にも利のあるやり方だ。

なお逆に、寵妃の実家の経済力が足りなくて、行幸してやれないという、当事者たちにとって悲しい事態も過去にはあった。

それはともかく、この行幸と懐妊がどう結びつくのかというと、茹王の屋敷で皇帝と茹昭儀が同衾《どうきん》できるだけの時間的、空間的な機会が確保できるのである。ここで関係を持った場合は閨事の記録には残らないものの、茹昭儀本人は行幸の際に寵を受けたと主張し、皇帝もそれを否定しなかった。

この一連の騒ぎが皇后の行啓と重なったため、現在宮城ではこんな噂を耳にすることが増えている。

昨今、後宮内における皇后の圧力があまりにも目にあまり、皇帝は宮城の外でしか茹昭儀と同衾できなかったのだ。おかげで、寵を受けるのを阻害されていた茹昭儀は、お気の毒に堪えない……。

——時勢が変わってきている。

賢恭はそう思っている。かつて謝賢妃《しやけんぴ》が寵愛を受けていたときは、世論は皇后に対して同情的であった。

しかし現在の皇后が立ってから十年近く経つ今、その考えは変わってきている。なぜならその間皇帝は、一人も子を儲けていないからだ。それ以前は次々と三人の男子が生まれたというのに。

本人たちの思惑がどうであれ、皇后が皇帝に悪影響を与えていると周囲が考えるのはむしろ当然のことである。

そういった考えは民衆にも波及している。特に帝都の人間は、宮城の人間の在り方には敏感だ。一つ読み間違えれば争いに自分が巻きこまれるからだ。そしてなにより、皇帝に子が生まれないということは、彼らの生活と意外に密着している。

なぜなら慶事がないということは、恩赦もないからである。

刑罰のいくつかは恩赦での釈放を前提にしているため、本来ならばもうとっくに牢《ろう》を出ている人間がまだ収監されている……という事態が、最近深刻化してきている。

不合理ではあったとしても、そのやり方で回してきた事柄を、代替のなにかを設けずに止めると、当然不満が出てくる。特に収監されている者の家族は、その気持ちが強いはずだ。

それも故意犯ならばともかく、過失犯の家族ならば。

その不満は現在、皇后に向かっていた。彼女が原因でないことを賢恭は知っているが、多くの者は知らないし、また原因でなかったとしても要因であることは、賢恭にも否定できない事実だからだ。

昨今の世論のこの動向を、皇后はわかっていないだろう。だが皇帝はわかっているはずであるし、賢恭は何度か進言してきた。

そう、賢恭は皇帝が妃嬪と子を儲けることを肯定している。臣下としての立場から、また皇后と親しい立場からも、それがいいと賢恭個人は思っていた。子を生《な》せない自分にはとてもできないことだ。

とはいえ、「いい」と「幸せ」は確かに違う。

おそらく二人が完膚なきまでに満足する幸せは、彼らが皇帝でも皇后でもなく、そもそも「皇帝」や、「皇后」という立場が存在しない世界においてでしかありえないのだろう。そもそもそんな世界はありえるのだろうか……と賢恭は、仮定の話に思考をたゆたわせる。

この世界で生まれ育ち、そして死んでいくであろう自分には、とうてい想像できないものであった。

彼ら二人も、別に想像できているわけではあるまい。また想像できていたとしても、率直にいって、二人がそれを可能にするだけの器を持ちあわせてはいないと、賢恭は判じていた。

身びいきであることは自覚しているが、皇后はかなり大きな器を持っていると思っている。だが、その「身びいき」の部分を差し引いても、彼女が持っている器はこういうことに向いていない。これから先、二人はきっと持っている器相応にとりこぼしていくのだろう。すべての人間がそうであるように。

けれども完全でないにしても、器に入れ続けられるものはある。その中に幸福感が残っていてほしいと賢恭は願っている。その幸福感が、思いこみであったとしても、だ。少なくとも皇后が、その境地にいたってくれればいい。

けれども実をいうと、彼女に対してだけではない。皇帝に対しても、できればそうあってほしいという思いがある。

皇帝に対して、いい思いを抱いていたわけではなかった。けれども二心《にしん》を抱いているわけではないし、彼の働きぶりについては感服するところもある。

彼が帝位に就くにあたっての動機が不純であることを賢恭は知っているが、官吏とは違い皇帝の血を引く者は、否応《いやおう》なしに権勢の渦に巻きこまれるものだ。巻きこまれるにしても前向きになれる要素があるならば、それはそれでよいことではないかと思うのだ。

少なくとも、幼くして一族に去勢され、後宮に放りこまれて権勢の渦に巻きこまれた賢恭に、前向きになれる要素などというものは、当初存在しなかったのだから。

皇后への気持ちは、庇護《ひご》欲を伴う愛情だ。だが彼に対しては……要するに、皇后に対する気持ちよりは、皇帝に対する気持ちのほうが賢恭ははるかに複雑だった。

だから賢恭は、この件についてはなにも言わず文林《ぶんりん》の側近く侍《はべ》っている。自分の考えがまとまらない中で意見を具申しても、よい方向へは行かないというのは間違いないからだ。

執務の手を止めて、皇帝が呟《つぶや》くように言う。

「……お前がなにも言わずにいるとは」

皮肉げな様子もなく、本当に不思議であるという様子であった。だから、話しかけられているという実感がわきにくかった。

「確かに申しあげたき儀はございますが、大家のご判断に異を唱えるようなことではございません」

「どうだか……」

そんなことを言いつつも、皇帝は不快な表情を作ってはいなかった。

「まあいい。直言を厭《いと》っているわけではない証拠に、聞く前にお前に先に命じておく。しばらく皇太子のところへ行け」

賢恭は微《かす》かに眉《まゆ》を動かした。皇帝の命令が、賢恭を排斥しようとする意図を持っていないとわかっていたからだ。

「臣めでお役に立てるかどうか……」

「お前がいちばん信用できるからな」

否定はしない。だが……。

「もう一名おりましょうに」

この宮には、もう一人古参の宦官《かんがん》がいる。賢恭の同輩であるが、宮城内での立ち回りは彼のほうが長《た》けている。

もっとも彼はこの宮の首席太監であるため、おいそれと持ち場を離れることはできないと賢恭も知っているのだが、一応は言っておく。

賢恭の具申を聞いて、皇帝が言を翻すことはなかった。彼は、ただ苦笑を帯びた声で返した。

「確かにな。だがあれは、あれで宦官らしい宦官だからな」

『宦官らしい宦官』というのが、保身と自己の欲を優先する可能性がある者だということを賢恭もわかっている。そしてまことに残念なことに、同輩に対する人物評を覆す材料を、彼は持ちあわせていなかった。

決して忠義を持ちあわせていないわけでも、情を持ちあわせていないわけでもないのは確かだ。だがそれだけでは足りないと皇帝が言うのであれば、賢恭は抗弁する術《すべ》を持たない。同輩はそういう人間だった。

「梅花《ばいか》が存命ならばまた別だったんだろうがな……」

惜しむように言う皇帝の言葉を否定する材料も、賢恭は持っていない。同輩は、頼りになる年上の女官にずっと恋をしていた。

彼が彼女になにも告げず永訣《えいけつ》に至ったことは、お互いのためには正しい判断だと賢恭は思っているが、同時に理解したことがある。恋は叶《かな》えないまま拗《こじ》らせると、ろくなことが起こらない。

劉《りゅう》梅花の死の遠因である皇帝、そして皇后に対して彼がどう動くのか、賢恭はまだ判じかねている。

そして彼を前にすると、自分が関皇后に対して抱くきれいな感情はやはり恋ではないと思うし、そのことに安堵《あんど》することがあるのだった。

「納得できたか？」

皇帝の問いに、賢恭は是と返す。

「それで？　おまえが言いたいこととはなんだ？」

皇帝の問いに、彼は「申しあげたき儀」を口に出す。

皇帝にとって残念なことかもしれないが、それは現在宮城を騒がせている話題に対する苦言ではない。

それどころか、茹昭儀にまつわることでもなかった。

耳にした皇帝が、賢恭の顔を見直す。賢恭は一つ頷《うなず》いた。

「康《こう》の……国父《こくふ》が死んだ、と?」

※

当然ではあるが、宸《しん》に届いたのと同じ報《しらせ》が寛《かん》にも届いていた。

「康の……国父が死んだ、と?」

報告を聞き、思わず上げた声の中には、梨妃《りひ》自身驚いたことであったが、かすかな哀惜の感情が含まれていた。その相手を倒すべく準備をしていたというのに、だ。

数か月前、康の女王であった梨妃の姪《めい》が産褥《さんじょく》の床で死んだあと、康は生まれて間もない姫を女王とした。もちろん幼いを通りこして乳児である新女王が、政務に携われるわけがない。当然摂政を置くことになった。

これは前女王の遺詔により、新女王の実父が就任した。女王の父であるため、寛や宸では彼のことを「康国父《こうこくふ》」と呼んでいる。なおこれはあくまで外国での呼び方であって、本人がそう名乗っているわけではない。

彼は梨妃の次姉の息子……つまり梨妃にとって甥《おい》にあたる。

康の上層部に、新女王の即位自体に不満を抱く者がいることは想像に難くない。なにせまだ喃語《なんご》も喋《しゃべ》れぬ乳児なのだ。前女王も幼君として即位したが、さすがにそのころには意思の疎通ができていたし、死期を悟っていた母親が念入りに根回しを行っていた。だから前提がまったく異なる。

そもそも二代続けての幼君の即位という事態に、重鎮といえる臣下たちはうんざりしているはずだ。

ただ一人を除いて。

前女王の摂政を務め、現女王の摂政の相談役の座におさまっている男——つまりは梨妃の叔父《おじ》だ。得意満面であろう彼を思うたびに、いつかその膝《ひざ》を地に着かせてやると思っていた梨妃である。

いけない、思考が私怨《しえん》に走ってしまった。

「死因はなんですの？」

「病死だそうだが……実際はどうだか」

梨妃の問いに答えつつも、苦笑とともに首を横に振る夫に、暗殺の可能性が高いのだなと、梨妃は得心したし、無理もないと思いもした。

あの甥は、おつむはかなり残念だが、それと反比例するかのように体だけはやけに健康だった。「母親の元気を全て吸いとった」と、当の母親が笑い話にするほどであった。だからこそ前女王である姪は、夫に選んだのだろう。健康な子を儲《もう》けるために。

結果的に姪は、自らの健康と命を失ってしまったのであるが。

年若くして逝った姪のことを思うと、梨妃は気が滅入《めい》る。彼女を利用したことに罪悪感はなく、彼女の遺児を脅かすことにもためらいはない。けれども彼女を妹のように愛《め》でた過去が、梨妃を姪の死に無感動なままではいさせなかった。これは梨妃の抱える大きな矛盾といえよう。

梨妃自身も、自分がそんな矛盾を内包する人間だと自覚している。だが実際は、本人が理解しているよりもはるかに混沌《こんとん》を内包しているのであるが、このころはまだそれが外部に噴き出すことも、問題になることもなかった。

あくまで、まだ。

「犯人の目星はついておいでですか？」

「君の叔父だろうな」

つまりは、摂政の相談役にまんまとおさまっていたはずの男だ。

「……確かですの？」

間をおいて確認してしまうほど、梨妃には疑わしかった。

この疑問は、寛のもう一つの隣国である宸の皇帝も抱いたものと相違ない。だがそれは「奇《く》しくも」というよりは、「当たり前なことに」というほうが正しかった。

ごく自然な思考の流れだ。幼い女王を守りたい摂政と、彼に取りいって実権を再び握りたい相談役との利害はほぼ一致しているはずだった。

語弊はあるかもしれないが、幼女王が即位して間もない今はこの二人にとって蜜月《みつげつ》のはずだった。

それでも梨妃が考えをもう一段階先に進めることができたのは、この場合についていえば、宸の皇帝よりも明晰《めいせき》な頭脳を持っていたからではない。彼よりも多くの知識があったからだ。

身内ならではのそれは、梨妃の持つ優位性だった。そして梨妃はそれを、夫と惜しみなく分かちあうつもりだった。

「康のこの動き、君はなんと見る？」

夫の問いに一つ頷くと、梨妃は夫の空になった盃《さかずき》に新たな酒を注ぎながら自らの見解を語りはじめた。

「前女王は晩年、前摂政を排斥する動きを見せておりました。その際夫である国父に、前宰相のことを色々と告げ、国父はそれを間に受けていたのでしょう」

「間に受ける」というと、まるで騙《だま》されているかのようだ。だが姪が甥に吹きこんだことはおそらく事実なのだろうなと、梨妃は漠然と感じていた。

けれども持っている知識が正しいからといって、それが持ち主をよい方向に導くとは限らないものだ。

「前女王夫婦は、それほど仲がよかったのかい？」

「男女の情であるかは、なんとも。けれどもいとこ同士としてはきっと、仲のよい部類に入っていたと思います」

下の姉は、結局甥一人しか子を儲けられなかったためか、女系を重視する家の女としては異例なくらい、息子を可愛がっていた。また上の姉も長く子を儲けられなかったためか、この甥をよく気にかけていた。したがってこの二人は幼少期から親しく育っていた。梨妃含め。

……もちろん裏には思惑がある。

上の姉は、もし自分たちがこれ以上子を儲けられなかったならば、梨妃を即位させ、甥を夫にしようという思惑があった。前女王が生まれたあとは、その夫候補として甥を扱っていた。下の姉もそれに同調していたのである。

けれどもそんなこととは無関係に、梨妃を含む子どもたちは仲がよかった。長ずるにつれて、相応の距離感は生じてきはしたものの。

特に、腹芸のできない甥は前女王──従妹《いとこ》であり、幼なじみであり、妻である存在の言葉を、真摯《しんし》に受けとめたのであろう。

前女王が存命ならば、彼は前女王のよき手駒となったであろう。けれども動かす者がいなくなった手駒は、与えられた情報のもと自己判断で動き、おそらく相談役への不審の念を隠しきれなかったのだろう。

そもそも、少しでも隠すことができていたのかどうか。あの叔父に立ち向かおうとしたのであれば、その気概だけは立派なものではあったが。

おそらく姪である前女王は、自らがこんなにあっさりと死ぬとは考えなかったのだろうなと梨妃は思っている。

叔母《おば》として、年若い姪の楽観を責めはしない。敵国の皇帝の妃《きさき》としては、むしろ賞賛してやるほどだ。けれども康の王族の女としては、嘆かわしいとしかいいようがない甘さであった。

「青いなあ」

夫の声には、微笑ましさに軽侮がまぶされていた。梨妃も微笑みを顔に浮かべながら、夫に同調する。

「ええ、まったく」

「けれども、君の叔父が今動いたのは、やはり拙速に感じる」

「確かに……わたくしもそう感じます」

うかつな甥を泳がせて叩《たた》けばよいものを、まだ馬脚を露《あら》わしていないのになぜ……とは梨妃も思っている。

これで叔父は、実際にやったかやらないかは別として、国父を殺害した疑惑を背負い続けることになる。国父の死でもっとも利するのは叔父だからだ。実権を保ちつづけるうえで、この疑惑は彼の妨げになることは間違いない。

あの思慮が足りない甥でもあるまいに、彼がそのようにうかつなことをするとは思わない。ならばなんらかの思惑があると見るべきなのだろう。

考えこむ風情の梨妃に、夫が問いかける。

「どうする？　もう少し様子を見るかい？」

「いえ」

これにはきっぱり答えた。

「やはり動くのであれば、今しかないでしょう。あちらが幼王の存在に慣れきってしまってからでは、事を運ぶのが難しくなります」

「そうか……」

いささかため息まじりに頷《うなず》く夫に、梨妃は「なにか問題でもありまして？」と尋ねる。

「いやいや、一人寝が寂しくなると思っただけだよ」

夫は苦笑しながら、盃の底に残った酒を干す。

「まあ……」

梨妃は頬をほのかに染めて恥じらった。

清喜《せいき》は自分にはかかわらないかぎりは、陰謀論をけっこう楽しめる口だ。

※

そして現在、大いにかかわっているため、全然楽しめない。陰謀という根拠はないけど、現状は間違いなく陰謀のせい。勘以前の問題で、間違いなく陰謀。

だからというわけではないが、だいぶつっけんどんな物言いになる。

「あ、娘子《じょうし》。今お相手できないので、部屋に引きこもっていてください」

「あんたね……もう少し言い方ってものがあるでしょ。部屋で休んでいてください、みたいな」

今回の行啓で、図らずも清喜は責任者的立場になってしまった。したがって離宮に到着した直後の忙しさたるや、おそらく半径一里以内では一、二を争う自覚がある。なお、範囲にあまり意味はない。適当に決めた。

そんな清喜の事情を、小玉もわかっているはずなのであるが……。

「いやね、引きこもるのはやぶさかじゃないけれど、部屋だいぶ寒いからこっちで勝手に火を焚《た》いていい？」

「あ、そういうことでしたか。構わないですよ」

本当は構うことであるし、そもそも皇后は勝手に火を熾《おこ》せないものであるが、そこは今さらな話である。小玉が動くと、それに伴って女官たちも動こうとするので、部屋の中にいるぶんにはなにしてくれてもいいと清喜は思っている。

なお、常識の範囲内で……などと、無駄なことは思わない清喜である。相手は小玉であることだし。

けれど以前に比べれば彼女はだいぶ「常識」的になった。これは梅花の教えの賜物《たまもの》なのだろう。小玉がつまらない人間になったといえばそれまでのことであるが、他人に迷惑をかけないように自分の行動を省みて、そして実行に移した彼女の姿勢を、清喜は否定したくないし、するつもりもない。

愉快なことを優先しがちと思われることが多くてたいへん不本意であるが、清喜は基本的に、小玉が息をしてくれていればそれでいい人間である。本人は自分のことを、たいそう慎ましい人間だと思っている。

したがって文林の行いについて、現在の清喜は特段の感想を持っていない。今後の小玉が息するかしないかがかかっているので、そっちにまで思考を巡らせる必要はないと思っている。警戒は別として。

「でも炭、まだ運びこんでないですよ？」

自分で持ってくると言われたら、さすがにちょっと怒る所存である。

「あ、部屋に前のが少し残ってた。まあ……さすがに湿気《しけ》ってるみたいなんだけど。これ、使ってもいいよね？」

「どうぞどうぞ」

そういうことなら問題ない。離宮に残されていた湿気った炭を使っていいかどうか、どこかに確認をとったわけでもないし、どこの管轄かも知らない清喜だが、皇后が使うのであれば誰も文句は言わないだろう。

「部屋が暖まったら……あたしちょっと休むわね」

「どうぞどうぞ！」

それについても問題ない。むしろそうしてください。小玉の口調は先ほどから軽いが、やはり顔色は優れない。

そりゃそうである。療養地に到着してすぐ回復する程度なら、わざわざ移動する必要はないし、むしろ到着した今この瞬間は、小玉はもっとも疲労しているはずである。

であれば、女官たちの負担も相当だな……と、清喜はこのあとやることの算段を脳裏で組み立てる。

南方生まれの小玉は多少の寒さでも火を欲しがるが、女官たちはそうでもない。けれどもこの離宮は本来避暑地で、涼むために庭が広く造られていて、大きな池とかもある。時期によっては非常に過ごしやすいが、時期によっては無駄に風通しがよい場所だ。

そして今は、残念なことに「ちょっと無駄」に感じる時期だった。しかも長らく人がいないぶん、離宮の建物全体が冷えていて、さっきからうろちょろ立ち歩いている清喜がちょうどいいと感じる程度の室温なのだ。

小玉ほど寒がりな人たちはそうそういないが、弱っている女官たちのことは気づかっても気づかいたりない。彼女たちが休む部屋にも、なるべく早く火鉢を用意せねばなるまい。不必要なら、火を消せばいいだけの話なのだし。

そう思いながら清喜は、随行の武官たちに指示を飛ばす。割と気心の知れた者たちばかりなので、清喜の言うことをよく聞いてくれる。こういうとき、前職が軍でよかったな～と清喜は思う。

ただその武官の頭が綵《さい》であることに、ちょっと複雑な思いがある。彼女が抱えている事情と、そして彼女が苛《いら》ついているという感情の問題で。

ふだんから必要な感情も読みとりにくい綵は、もちろん苛立ちを表に出すこともないが、気心の知れた関係って、こういうとき嫌だねって清喜は思っている。察してしまった自分の聡《さと》さが憎い。

その綵に話しかけられる。

「清喜さん、この荷物はどちらに運ばせます？」

「あ、それは娘子の部屋に直接よろしく」

清喜はちらっと見て、即座に判断した。

「わかりました……雪苑《せつえん》！」

「はい！」

元気よく返事をして、雪苑が包みを受けとる。先日綵と料理屋で会ったとき、彼女の名前が出たことを思いだし、清喜はなんとなく視線を泳がせた。

包みに目を向けて、中身について思いをはせる。出立する際に紅燕が小玉に渡したそれの中は、どうせ雅媛大先生の作品なんでしょ、と清喜は見当をつけている。

――今ごろあの人なにやってるんだろう。

ふと、そんなことを思う。結果論だが、雅媛は早い段階でこの国の後宮から出られてよかったねというのが、清喜の率直な感想である。

なおそんな思いは、ほどなくして「娘子の部屋から、すごい煙が！」と駆けこんできた雪苑の報告によって霧散した。

なおこれは放火や失火が原因などではなく、湿気た炭に小玉が頑張って火を熾したせいであった。

よく着火できましたねとか、そんなところで頑張らなくてもいいんですよとか、清喜は思ったし、言った。

※

——恥じらい……十代のまだみずみずしい乙女と、少年の恥じらいって、どうやって表現すればいいのかしら。

紙の上、止まった筆からぽたりと墨が落ちる。ゆるゆると滲《にじ》んでいくそれを見て、軽くため息をついたのは、清喜が思いを馳《は》せていた雅媛である。

どうも最近、筆が進まない。筆架に筆を置こうとしたが、寸前で思い直して筆洗に入れる。今日はもうこれ以上は書けない気がした。だったらもうこれは、洗ってしまったほうがいい。

道具を片付けると雅媛は、寝台に横たわった。夫のはからいと、実家（生家のほうではない）の気づかいによって、異国においても生国で作られた調度が揃う寝室は、雅媛を落ちつかせてくれる。

「奥方さま……」

「お入り」

部屋の外から呼びかける声が聞こえ、雅媛は入室の許可を出した。

そろそろ足を踏み入れたのは、媵《よう》としてここに連れてきた衛《えい》氏だ。媵とは、嫁いだ女性がもしも子を産めないときのために、あらかじめ用意された代行的存在だ。

雅媛と衛氏は血のつながりはないが、本来媵は嫁いだ女性の身内から選ばれる。だから従来の媵に比べれば、衛氏の存在価値はただでさえ低い。それなのに、雅媛が健康な男の子を産み、二人目を身ごもった今、その価値は更に低くなっている。

それなのに危機感を抱いていないのが、衛氏のもっとも救えないところだと雅媛は思っている。

だからこそ、今のようなことになっているのだろう。もちろんそのことをつぶさに説明したわけではないが、媵について知らない家の出ではなく、また後宮という場に身を置いていた女らしからぬ察しの悪さだ。

とはいえ、最低限の仕事はできる女でもあった。

「お時間ですので、お香をお持ちしました」

「ありがとう」

衛氏が持ってきた香炉からは、独特の匂いが漂ってくる。香炉に仕込まれた、腹の張りを抑えるための薬草が発するものだ。これは体調を整えるためのものなので、香りを楽しむ類《たぐい》のものではないが、雅媛は悪臭すれすれのそれを甘受している。

というか、これぐらいはかわいいものだと雅媛は思っている。生国の後宮にいたころは、美容法と称していろいろなことをしていたものだから……主に味覚と嗅覚《きゅうかく》、たまに視覚によろしくないことを。

あの司馬《しば》氏も文句ひとつこぼさずにやっていたくらいなのだから、自分だってこれくらいはこなせるという自負が雅媛にはある。

当然のことではあるが、実をいうと雅媛は今も美容には余念がない。乾いた空気のこの地においては、むしろ肌については生国にいたときよりも注意を払っている。

美容における女性の執着は、恐ろしいものだと殿方はよく言う。だが雅媛が思うに、これは女性の「執着」というより「仕事」の一環である。自分たちは職務に忠実なだけなのに、たいそうな言われ方をするものだ。

そういえば、後宮の友人からの便りによれば、そちらの方面がとても得意な妃嬪《ひひん》が新たに入ったようであるが、後宮というその道の玄人がひしめく場においてそう言わしめるということは、さぞかし「仕事」のできる女性なのだろう。

友人は才長《た》けた女性であるが、この「仕事」については、あまり得意といえる人ではなかったから、よい刺激になるといい……そんなことを雅媛は思っている。

雅媛はまだ友人から、最新の情報を受け取っていない。だからこそ、そんなことを思えることであった。

「それでは失礼いたします」

香炉を置いて引き下がる衛氏……彼女も生国の後宮にいたころから「仕事」が得意なほうだった。目を伏せながら、淑《しと》やかな一礼を残して退出しようとする彼女の顔は、隙なく化粧が施されていて、実にうるわしい。

そのうるわしさ自体に雅媛が感銘を受けることはなかったが、顔色の悪さを上手に誤魔《ごま》化《か》している技については、文句なしに素晴らしいと思う。

「お待ちなさい」

雅媛が一声かけると、衛氏は静かに動きを止めた。雅媛のほうに向きなおり、頭を軽く下げて問いかけてくる。

「ほかになにか、ご用命がございますか？」

穏やかに問いかける彼女は、側仕えの仕事がだいぶ板についてきている。もともとは、仕えられることのほうが多かった立場だったというのに。そしてどことなく健気《けなげ》さが漂う。

これならば……と、雅媛は思う。さぞかし男の庇護《ひご》欲をくすぐるであろう。

「いいえ……ただ、せっかくだからあなたも、ここに留《とど》まっていたほうがよいのではなくて？」

「それは、どのような……」

衛氏の言葉に、戸惑いが含まれる。

「あなたのお腹の子に、よいのではないかと思ったのよ」

「……なんのことでございましょうか」

雅媛の言葉を聞いて、衛氏は瞬《まばた》き一つぶんくらいの間を置いてから、ゆっくりと顔をあげる。あくまでも怪訝《けげん》そうな表情。

おや、想像以上にしたたかになったなと雅媛は少し感心した。今は亡き劉梅花が彼女を突《つ》いたときは、あっという間に馬脚を露《あら》わしたと聞くが。

あのときに、今の胆力を発揮していれば、彼女はもう少しましな結末を迎えられたかもしれない。

けれども、多少の成長が見えたからといっても、やはり前提として衛氏は愚かだと雅媛は思う。そうでなければ、今のような事態に自分から飛びこむことはなかっただろう。

「わかっていると思うけれども、あなたはわたくしの滕としてここに来た」

「仰せのとおりでございます」

「つまり、あなたがその腹に宿しているのは、わたくしの夫の子であるということよ」

衛氏の表情の怪訝さが色を増した。これはごまかそうというわけではなく、本当に事態を呑《の》みこめていないのだろう。

「なにを……おっしゃって、わたくしは、あの方とは……密通など」

衛氏はまだ事態を呑みこめていないのだろう。雅媛自身、そういう言葉選びをしている自覚はある。

「密通だなんて！　……わたくしの夫が、わたくしの滕と床を共にするのは、当然のことよ。だからわたくしに遠慮してはだめ」

「奥方さま？」

かみあわない会話に衛氏の顔に焦りが浮かぶ。自分がなにかに追いつめられている自覚が、ようやく出てきたのだろう。

雅媛は慈悲深げな笑みを衛氏に向けた。

「つまり……あなたが無事出産した暁には、その子はわたくしの子として大事に大事に育てるのだから。まずあなたは体をいとわなくては、ね」

「……！」

衛氏が声なき悲鳴をあげた。腹を抱えるようにして、一歩、二歩と後ずさる。

雅媛は笑みを消さずに、もう一度口を開く。

「今、あなたがこの部屋から出たら……腹の子と、その父親は一生会えないものと思いなさい」

どうともとれる言い方をしたが、恋人、もしくは子、どちらが害されるにしても、それは彼女の本意ではないはずだ。

事実衛氏の足が、ぴたりと止まった。

「前」と同じことをするのね、と雅媛は思うが呆《あき》れはなかった。少なくとも彼女は、「前」と違って、男を選ぶ目をきちんと養っていたからだ。

衛氏の今の恋人は、衛氏のことをとても大事に想っている。少なくとも、一緒に逃げようと本気で彼女に告げ、そして彼女もそれに応《こた》えるくらいには。


そう、雅媛はすべてわかっている。もちろん夫も。

わかったうえで、今日まで放置していた。衛氏の恋を止めもしなかった。

雅媛は衛氏を愚かだな、とは思う。けれども彼女が愚かだから、自分が彼女を利用する正当な理由になるわけではない。彼女は愚かで、自分はそれを利用しようとしている悪辣《あくらつ》な人間だ。

それに追いこまれた境遇の中で、それでも男に裏切られた傷を乗りこえ、自分の幸せを追求しようとした衛氏の姿勢は、決して「愚か」の一言だけで押しこめられるものではない。「性懲りもない」と言えはするのだろうが。

「……子の父親は、族長の女に手を出した。それが公になったら、彼の身はどうなるかしら。あなたの腹の子もね」

「あ、ああ……」

衛氏が身を震わせる。どう考えても、心穏やかな結末にはならないはずだ。そうでなければ二人とも、逃げる準備など始めるわけもない。

「けれども、悪い話はしないわ。族長の子として女の子を産んだならば、あなたの子はわたくしが大事に育ててあげる。さっきも言ったとおりにね」

「お、男の子ならば……？」

おそるおそるといったように、問いを発する衛氏に雅媛はきっぱりと答える。

「残念ながら、死産になってしまうわね」

衛氏はぐっと言葉を詰まらせて、顔をうつむかせる。

「けれども少なくとも、あなたの良人《りょうじん》は助かるわ。もしかしたら『よそで誰かに産ませた子』を、引きとることができるかもしれない」

その言葉を衛氏が理解するのに、そして彼女が心を決めるのに、かなりの時間を要した。けれどものろのろと顔をあげたときには、衛氏は腹をくくった目をしていた。

「……わたくしは、なにをすればよいのですか？」

「ずいぶん察しがよくなったのね……実は、近々寛の寵姫《ちょうき》が国を離れることになるらしいの。けっこう長い期間よ」

話を進めるにつれて、衛氏の表情は暗くなっていく。けれども彼女が顔をうつむかせることはなかった。

覚悟を決めた人間は、嫌いではない。

※

「あ〜……駄目だ……駄目じゃん……駄目じゃん!!」

およそ覚悟を決めた人間が出すものではない声が、調度の少ない部屋の中、やけに響いた。

小玉は迷ったとき、誤ったとき、他人に助けられることが多かった。それは他人の言動でひらめくところがあったり、直接「それはどうよ」と言われたりと、多少の違いはあるものの、いっそ定番化している感もある。

いい歳をして他人に助けられるのはどうかという考えは、確かに一理ある。だが前者についいては結局小玉自身が判断しているわけだし、後者についてはそもそも、いい歳をした大人にわざわざ間違ってますよと教えてくれる親身な人間が、身近に複数人いること自体が天恵といえるので、素直に受けとらないほうが失礼な感もある。

大人の世界はけっこう厳しいもので、特に嫌いな人間でなかったとしても自らの利害が絡まないかぎり、「それってどうなの」と言ってくれる人間は、なかなかいないものだ。本当にありがたい。

しかし今回、小玉は他人に助けられることはなかった。誰かの言動からなにかをひらめくでもなく、他人になにか言われたわけでもなく、豁然《かつぜん》として悟ったのだ。

――自分に落ち度があった、と。

小玉は今、わかりやすいくらいに自己嫌悪に陥っていた。

離宮に着き、体調がだいぶましになったところで、ほのかな不快感と共に文林のことを思いだし、そして冷静になったところで気づいたことだった。小玉は自らの落ち度に、頭を抱えている。

どうして自分は、文林が「そうである」と判断したあとに話を聞かなかった？　そもそもなんの言葉も交わさず、なぜ決めつけることができた？

小玉はこの自問に、単純明快な解答（回答ではなく）を持っている。お腹が痛かったからである。それ以外ない。

自らの苦痛に苛《さいな》まれながらも、他者に奉仕することのできる人間は少なく、希少価値がある。けれどもそれ以上に、苦痛に苛まれながら深謀遠慮を巡らせることのできる人間は、もっと少ない。しかも価値があるかどうかについては、状況による。

そして小玉は、腹の痛みに伴う下痢だとか、貧血だとかはもちろん、それらによる不眠という副次的な体調不良が加わった状態に常に苛まれながらも、冷静に考えを働かせられる人間ではなかった。そういうことができる人間と小玉の失敗の被害者のみ、小玉を石もて打つ資格があるといえよう。

なお小玉本人は自分の失敗の被害者なので、容赦なく自分を責める。

お腹が痛かった……失敗の理由として、実際にありうるべきことである。けれどもいい大人のいいわけとしてこれはない。酔っていたから……という理由よりは、自己責任でないことが多いぶん、ましではあると思うが。

自分と文林の間には、言葉がなくともわかる事柄が確かにあると小玉は考えている。けれどもそれは、言葉を惜しんでいい理由にはならないし、事実それで失敗していたことがあると自分は学習していたのではなかったのか。

また出発までの時間は確かに少なかったとはいえ、あのようなやりとりがあったあとならば、文林は時間を作ってくれたに違いない。

――でも……やましいことがないいんだから、文林のほうが自分のところを訪れるべきだったんじゃない？

脳裏で囁《ささや》く声が聞こえるが、よしんばそうであるにしても、彼が「訪れなかった」という時点で小玉はなにかしら怪しむべきだったのだ。茹昭儀には手を出さないと言った以上、それを否定するような事態になったのならば、彼がなにも言わないわけがない。

けれども、そもそも彼になにかを言わせるような雰囲気を自分は作っていなかったじゃないか、とも思う。儀式の前日に休んだほうがいいという文林の言葉を、必要以上の刺々《とげとげ》しさで退けたのはそう、自分だった。

でも、と心の中で反論の声が上がる。目線でだって彼はなにも言わなかった……あのとき、小玉は確かに文林に冷ややかな目を向けた。けれどもそれを受けとめる文林は、少なくとも小玉に対して罪悪感を抱くような目ではなく……むしろ……。

そこまで考えたところで、小玉は首を横に振った。本人がいないところで、本人の言葉がないところで判断を下すのはよろしくない。自分は今まさに、その失敗について振りかえっていたのではないか。

そのとき、部屋の外から声がかかった。

「娘子《じょうし》、入室してもよろしいでしょうか」

女官にしても清喜にしても堅苦しい呼びかけをしたのは、綵《さい》である。今回は綵はじめ、女性武官たちが多く随行していた。護衛のためであるのはもちろんだが、小玉と女官たちの生活のためにだ。

ここに来る前悩んだことは、女官たち（と小玉）が元気になるならいいが、かえって悪化するようなことになったらどうすればいいかということだった。

いくら元気いっぱいな清喜がいても、異性の下の世話まで必要なことになったら、対応しきれない。

というかそこまでは対応してほしくないのが小玉の本音である。清喜はこういうときに不満の一つも漏らさずにやりとげる気概はある奴なのだが、そこが問題ではない。自分たちの抵抗感の問題だ。

むしろこういうのは生まれつきの貴婦人のほうが抵抗がなく、宦官《かんがん》に体を洗わせるというようなことも平気でする。あの司馬氏だけではなく、馮《ふう》貴妃やら王太妃やらもそうなので、どれほど親しくなっても相容《あいい》れない感性というのは存在するのだった。

あと下の世話まで清喜にやらせると、女官たちの夫である宦官たちとの関係が悪くなりそうなので、そこも気になっていた。だから綵たちの手は本当にありがたかった。

ただ小玉たちにとってはありがたくても、慣れないことをする綵たちはたいへんではないかと、心身に余裕のない小玉ですらさすがに心配はしたのだ。だが小玉に、綵は「大丈夫です」ときっぱり言いはなった。

それって強がりじゃないのと思ったのだが、心なしか胸を張る綵には、自信はみなぎっていても気負いはなかった。

「戦場にて、移動もままならない病に伏した娘子のお世話を、少ない人数でやりくりしたときに比べれば、これしきのこと」

「その節はありがとうございました」

そういえばそうでしたね、慣れてましたね……と小玉は過去を振り返って我が身を恥じた。あの状況下であまりに当事者すぎて……つまり切羽詰まりすぎて、覚えていないというのが事実だ。

だが覚えてなくても把握することはできる。後から事情を整理すればそれは可能なはずだったし、できていないということはつまり小玉の落ち度であった。

最近本当に駄目だなと思いながら、小玉は用を済ませた綵を引き留めた。

「綵、ちょっと聞いてくれる？」

綵は小玉にきちんと体を向けて、いつもの律儀な様子で承諾する。

「私でよければ」

「実はね……」

ほどほどにぼかしながら、小玉は話す。とはいえ、相手に伝わっているとわかっていながら言うというのはお約束だ。

綵は難しい顔をしながら聞き、聞き終わるとなにやら感銘を受けたようにうんうん頷《うなず》きながら言った。

「娘子の……相談する相手を選ぶ際に、自分を甘やかさないところが好きです。そしてこういう場合に相手が年下であろうが気にせず、きちんとこちらを信頼してくださるところも」

「え、ありがとう」

唐突に、しかも脈絡なく絶賛されて、とりあえず礼を述べる小玉である。

でも今、絘は気になることを言った。「自分を甘やかさない」……いやだ、これからあたしなに言われるのと、恐々としながら心の準備をする小玉であったが、準備をしてよかったと思うだけのことを言われてしまった。

「娘子、我々はもはやババアです」

「えっ……」

小玉は思った。清喜並に相談しちゃいけない奴に相談したかもしれないこれ、と。

「ババア」って「ババア」って「婆《ばばぁ》」のことですかとか、それとこれとがどうつながるのとか、「我々」ってことはあんたも婆のくくりに入れているのか、それでいいのかとか。

語尾が疑問の形の思いばかりが、小玉の脳裏を突風のように吹き荒れ、そしてさっさと去っていった。

「言い換えましょう、もう衰えているんです。我々は、物事を動かす中心の世代じゃないんです」

言い換えられてもよくわからなかったが、なぜか演説調になる絘に、小玉はとりあえず拝聴することにした。

「あ、はい」

「娘子はたいへん気がお若い。悪いことではありません。私の母もいつでも感性を若々しく保つよう心がけております し、多分」

さりげなく母である王蘭英《おうらんえい》を、憶測で持ち上げているのがいつもの綵で、そこはちょっと安心した。

「ご自分で『もう年ね』とかおっしゃってますけど、実際のところご自分が思っているより衰えていることを自覚なさっておいでではありません。ところで娘子、私は今年何歳になりましたか？」

「えっ」

いきなり他人の年齢を、よりによって本人から聞かれて、小玉は慌てて計算し始める。

だがそれより先に綵がはきはきと答えた。

「とりあえず、三十を過ぎた時点で数えるのを止めました」

「いやそれ、あんたも正解把握してないってことじゃない！……もうそんな歳になってたの!?」

「そんな歳なんですよ！ 人によっては孫がいてもおかしくない！ という！」

知人の娘がもうそんな年齢になっていたという事実に、小玉は絲の言っていることの半分くらいは理解した。

「もう時流は他の人に移っているんです。輝かしい時期はもう終わっているんです。あとは輝きを失った時期を、どれだけぴかぴかに磨き上げるかが重要なんだとわかりました。そう、幼いあの日作った泥団子のように……それは逃げじゃなくて、現状に即した生き方なんです」

「うん、泥団子……すごくぴかぴかになるよね」

そこだけは小玉にも覚えがあるし、わかる。

その件《くだり》いる？　とは思ったけれども。

「娘子は多分、人より長く時流の中にいて、その中でもとびっきり長く中央にいたからわかりにくいんだとは思いますが……」

「絲、あのさ……」

「はい」

小玉はおそるおそる尋ねる。

「最近、徐麗丹《れいたん》って人と交流持ってない？」

「誰ですかそれ」

綵は、とても不審そうな顔をした。

「そうか……そっちとつながりないか……」

常は無表情な彼女からあきらかに読み取れるということは、これは本当に知らないとみた。

「はい」

安心したような、残念なような。

もし綵と麗丹がつながりを持ってたら、麗丹に喧嘩《けんか》を押し売りできたのにと思ってしまった小玉である。

それはともかく、見当が外れたので質問を変えてみる。

「綵自身に、最近なにかあった？」

「そうですね、夫のお妾《めかけ》さんが妊娠しました」

――あー……。

すごく既視感を覚える事情を抱えていた。

「……そ、それ、は……忙しいところに、仕事任せちゃって悪いわね……」

迷いながら選んだわりには、きちんとした反応を返せた気がするが、綵は「いえ、仕事なので問題ないです」とにべもなく返す。

――そうね、任せた仕事は仕事だから、問題ないよね……。

「それでお妾さんは、私の友人の子どもと同じ歳です」

余計に既視感を覚える。思えば茹昭儀も、自分の娘でもおかしくない年齢……というか、子ども世代そのものである。

「腹立ったりしないの？」

そう聞いている自分自身が、茹昭儀に腹を立てているということに気づき、小玉は少し気が沈んだ。今まさに、誰かとのやりとりの中で、なにかを得たというのに全然嬉《うれ》しくないなんて。

なにを気づこうが気づくまいが、結局自分にとって都合がいいことではないと、許せないものなのだ。

そんな小玉のどろどろした気持ちとは真逆のさっぱりさで、綵は「いえ別に」と、首を横に振った。そのすがすがしさ、今の自分にちょっと分けてほしいと小玉は思った。

「お妾さんが私になにか悪いことをしたら腹は立ちますが、意識的じゃなしに不利な状況に追いこまれたくらいなら、単に嫌いなだけです」

「……うーん、そっかあ」

「私の話、なにか役に立ちましたか」

「なんの役にも立たなかったけど、あんたの近況を知れたのはよかったです」

「残念ですが、それはそれでよかったです」

ちょっと満足げな綵を、今度の小玉は引き留めなかった。


綵を見送ってから、小玉は寝台に突っ伏した。どっと疲れた。

人選を誤ったと人に言えば、百人が十回ずつは頷いてくれるに違いない。けれども怒りを覚えなかったのは、あまりにも綵がずれすぎていたせいか、それとも綵に対して負い目があったせいか。

――いや、言ってることはごもっともなんだけどね……。

確かに小玉ももう、「おばあちゃん」の世代である。孫がいてもおかしくない。同い年であった兄嫁が生んだ甥《おい》だって、もう三十近い。彼は子どもこそいないが初めて会う人に「お子さん何歳？」と当たり前のように問われる人間だ。「嫁もいないのに」と、たまに絶望した顔をしているのが叔母《おば》にとっても悲しい。

仮に彼が子孫を残せなかった場合、あの世で自分が祖先に詫《わ》びるつもりでいるが、それでもできれば結婚して子どもを持って、関家の血脈を残してほしいという気持ちは、ある。だから絲の婚家が妾を迎えたという選択を、実は小玉だって理解できていた。

小玉の郷里より比較的結婚が遅く、その中でも更に晩婚たっだ元同輩たち――筆頭は阿《あ》蓮《れん》である――なんかでも、実際に孫がいる。

それを考えれば小玉は、「孫がいてもおかしくない」世代ではなく、「明確に孫がいる」世代である。事実、明慧《めいけい》の廟《びょう》に詣《もう》でた際に知り合った人に、小玉は「お孫さん何人？」と聞かれたことがある。

こういう些細《ささい》な感覚のずれのことを、もしかしたら絲は言っていたのかもしれないな、と小玉は少し理解した。

けれども、それを言われるのは今じゃないという感じがすごい。なんといえばいいのだろう。この、かみあわなさ、というか。

でも、そうか……と思わないでもない。

小玉は自分が大人物だとは思っていないが、比較的運のいい人間だとは思っていた。これまでどんな困難も、決定的ななにかに陥る前に、助けのような救いのような巡りあわせでなんとかしてきたし、意識してはいなかったがどこかで「そうなる」とわかっていた気がする。たとえば今のような誰かとのやりとりの中で、とか。

けれども今は「そうなる」という感じが少しもなかった。これは自分が意識してしまったからかえって感じとれなくなったからか、あるいはほんとうに「そうなる」ことがなくなってしまったからなのか、それとも絳とのやりとりがあまりにも大暴走しすぎて自信がなくなってしまったからなのか。

それでもこれが絳の言う「時流が移る」ということならば、自分はそれに応じた生き方を模索しなくてはならないのだろう。

でもそれ、今やることじゃないけれども。

とにもかくにも、文林と話す必要がある。小玉は絳との会話の流れとはまったく関係なく、決意を再度固める。

けれども宮城に戻る前に、やらねばならないことがあった。

さて肝心な小玉の体調であるが、少なくとも今はお腹が痛くない。

実をいうと離宮にたどりついた直後は、むしろ体調が悪化してしまった。だがこれは体調不良の中長距離を移動したせいで、疲労が著しかったからであろう。けれど時間を置いた今は、ここしばらくの中で最も快調である。

健康って素晴らしいなぁ、と思いながら、小玉はご飯をもりもり食べている。

随伴した女官たちの体調も、寛解したとはお世辞にも言えないが、少なくとも宮城にいたときよりはみな顔色がよい。なにより動きに切れがある。

到着した直後、動く屍《しかばね》みたいな状態になりながらも小玉の面倒を見ようとして、綵たちに寝台へ追いやられたときに比べると、今は屍にちょっと似ている生者くらいには、正の方向へ傾いている。

「よかったですねえ」

と、目前でご飯をもりもり食べているのは清喜である。彼は紅霞宮に残れという小玉の命令というか要請も聞かず、当たり前のように今回も小玉に同行していた。

かといって、彼が同行しなければ、小玉は責任者の人選にだいぶ迷うことになっていたので、一緒に来てくれてそれはそれでありがたかった。物事、一つの要素だけでは評価できないものである。

「だってですね……思うに僕が残った場合、徐尚宮の健康によろしくないはずなんですよね……主に精神の」

こういうときに限って、真面目な表情で、謎の説得力を持つ発言をする清喜は、今回の同行をもぎとるにあたっても、その本領を発揮していた。聞いた小玉が「そうだね……」と、即座に、けれども力なく頷《うなず》くくらいには。

実際あの麗丹と、この清喜の相性はおそろしく合わないだろう。試してみようとも思わない。惨事が起こると理解しながら、熱した油で満たされた鍋《なべ》の中に、水をぶっかけたいと思うものがいるだろうか。

最近めっきり厨房《ちゅうぼう》に入る時間的余裕がなくなってしまったが、料理についてまだ覚えている小玉は、そんなことやりたいとはみじんも思わない。ただでさえ油は、けっこうな高級品でもあることだし。

つまり紅霞宮の管理を担う麗丹の精神的な健康のために、清喜は今回離宮にやってくることができたわけだ。

もちろんそれだけが理由ではない。女官たちの体調が回復するかどうかわからない以上、元気で若い人手を連れてくるのは絶対条件だった。清喜の随伴は、女官たちの肉体的な健康のためにも寄与しているわけなので、やっぱり彼がすごく役立っているのは間違いない。

それなのに、評価がそこまで高くならないのは、彼の損な性分といえよう。

彼が小玉の目の前でもりもりとご飯を食べているのも、きちんと働いている証左だ。あまりにも忙しくて、食事をきちんと摂《と》る時間がない彼に、小玉はこっそり許可を出して目の前で食べさせている。

「それで、後宮の動きは？」

「いや～、あんまりわからなかったですね」

清喜の態度はやけに堂々としている。

――……そうだろうなあ。

納得しつつも、落胆が消えるわけでもなかった。清喜を伴ったことで、離宮の中での小玉の動きは非常に快適なものになった。しかしおかげで宮城の、それも後宮内の情報はごく限られたものしか小玉の手に入らない。

真桂と紅燕には、あまり動かないようにと釘《くぎ》を刺してきたし、杏《きょう》と鴻《こう》の乳母には鴻の宮のことを最優先にさせている。本来は鴻の乳母を紅霞宮に残すつもりだったが、茹昭儀の「懐妊」が確定した時点で、鴻の身の安全を考えた小玉は配置を換えた。

生まれるまで男か女かはわからないが、男だった場合は間違いなく鴻の立場を脅かす存在になるし、身辺の危険を招く原因にもなるからだ。もしかしたら茹昭儀が、「生まれる前にやってしまおう」と考えるような人間であるかもしれないし、彼女が違っても彼女の周囲がそうかもしれない。早く手を打つにこしたことはない。

鴻の生母である今なき安徳妃《あんとくひ》は、死後に追贈された位によって四夫人とされているが、鴻の出産時点では一介の妃嬪《ひひん》にすぎない。それに比べれば、同じ庶出でも皇族の血を引いた高位の妃嬪である茹昭儀の生む子のほうが、優先順位は高いといえる。

また、もし茹昭儀が皇子を生めば、彼女はおそらく四夫人となるであろう。おそらくは徳妃よりも格上の淑妃《しゅくひ》に。そういう予想ができる程度には、さすがに小玉も後宮内の力関係を理解できるようになった。

宸の帝位は、帝姫《ていき》が継承権を持つわりにその即位を避けたがる。それには相応の歴史があるが、もし茹昭儀の子が女であったとしても、その息子が即位するぶんには問題ないと考える可能性もある。

実際そういう例はあって、不幸なことが重なって帝姫の息子が即位した例がある。その場合新帝の生母である帝姫は「女皇《じょこう》」という位で、太上皇《たいじょうこう》と同格の扱いを受ける。

さすがにこれはめったにない例ではあるが、実をいうと数年前に一度実現しかかっているので、現実感のない話ではない。

先帝が崩御した時点で、もし遺詔がなければ、そして馮家の王太妃の息子が成人していれば、まず間違いなく王太妃の息子が玉座に座り、彼女は女皇になったであろう。

皇帝の即位というのは、序列が決まっているにもかかわらず、その時の状況にわりと左右されるという難儀なものである。人の生死がかかわってくるぶん、なおさら難儀だ。

果たして、妃嬪としての役割について正道を説いた茹昭儀が、鴻の命を脅かすことをするだろうかという点については、疑問が残る。

だが小玉は、手を打つにこしたことはないと思っていた。その姿勢はきっと、太子の母としては正しいのだろう。けれども小玉は茹昭儀が「そういうことをするかもしれない人間」だと、積極的に考えようとする自らの心の動きを、単なる危機感によるものだと理解していた。

言い換えれば、茹昭儀がそういう人間であってほしいと思っている自分に、気づいていないということである。

けれどもなんとなく、茹昭儀の素顔を思いだせない自分を察していた。会ったときに彼女について、悪女顔だと強烈な印象を持ったことは覚えている。それなのに思い出せないし、かといって「悪女顔」という印象をもとに脳裏に彼女の顔を描こうとしてもうまくいかない。そもそもそんな顔ってどんな顔？　という気持ちになるのだ。

おかしなことだ。初対面のとき、真桂も紅燕も小玉と同じように驚いていたはずなのに。

けれどもそういえば彼女たちの驚きの内容を摺《す》り合わせたわけではないということに、小玉は気づいていた。もしかしたら彼女たちの驚きは、自分とは同時に発生しただけであって、種類は違うかもしれないのに。

いつから自分は、自分の考えていることは、他人にとっても当然のことと思うようになったのか。

ともあれ、小玉のやっていることは、特に間違っていない。猜疑《さいぎ》に陥らないかぎり、危機感は抱くにこしたことはないからだ。

けれども、手駒が足りなくて困っているのも事実だ。だから今のところ、小玉は清喜を使い宦官《かんがん》つながりで沈賢恭《しんけんきょう》から情報を手に入れようとしている。だが、彼はあくまで皇帝づきの宦官であり、後宮づきではなくなって久しいので、やはり得られる情報は限られている。

けれども文林の動向については、むしろ他の伝手《つて》よりも詳しいことが聞けるだろうと思ったのだが……。

「大家は、茹昭儀をおおいに労《いたわ》っているとか」

ここだけはちょっと歯切れ悪く清喜が言う。

「そう……」

小玉は清喜に見えない角度で、ぐっと拳《こぶし》を握りこむ。その情報を自分はなぜ他人から聞いているのだろうと思い、同時に自分から聞きにいけない現状にもどかしさを覚える。

しかしこういう場合、文をどういうかたちで出せばいいのか、そもそも出していいのかがわからない。

「懐妊」した茹昭儀へのお見舞いの品への手配は、古参の女官たちの助言でこなすことができたが、こういった細かい機微が伴うことについては、自分と文林両方のことをわかっている人間の助言が欲しかった。


――梅花がいてくれたら。

――梅花に、任せっきりにしていなければ……。


故人を懐かしむ思いと、後悔の念に、爪が食いこむほど手を強く握りこむ。その手を開

かせたのは、清喜の優しい手……などではなく、

「あと、徐尚宮がお腹壊したそうです」

「は？」

今それ関係ある？　という報告だった。

なお小玉は、麗丹が紅霞宮で寝泊まりして、物騒な「人体実験」を我が身で行っていることを、この時点では知らされていない。

※

「ほほほ、わたくしの読みは当たりましたわね……」

寝台に横たわりながら、半分身を起こすという中途半端な姿勢で、麗丹は誇らしげに言う。

けれど、語気に力はそれほどない。

腹痛に苛《さいな》まれているのだから、無理もない。その腰を撫《な》でているのは元杏《げんきょう》という女官である。皇后子飼いの女官で今は太子に付けられているが、皇后に関する情報を共有するた

めに、皇太子の乳母ともども麗丹と密につながりを持っている。

だがそういう打算とは別に、二人ともどういうわけか麗丹に好感を抱いているらしい。

麗丹不調の報《しらせ》を聞いて、杏は太子の宮のことを乳母に任せるや否や、こちらに飛んできた。

これは麗丹にはちょっと理解ができないし、率直にいうと彼女たちのこういう面が少し苦手である。

けれども腰を撫でてくれるぶんには別に困ることもないので、黙って撫でさせている。

杏の肉づきのいい手は、往年の劉梅花《りゅうばいか》のそれに似ていて、期せずして懐かしい思いにかられてしまった。いつだったか、彼女に背を撫でられた覚えがある。

もう相当昔の話だ。

弱々しく勝ちほこる麗丹の横で、どこか呆《あき》れた目を向けるのは皇后の主治医である。

「……ほら、これを飲むといい」

差しだされた碗《わん》には、透明な液体が湛《たた》えられている。

「なんのお薬ですの？」

「ただの水だ」

「…………」

麗丹は思わず黙りこくってしまった。

「正確に言うならば、湯冷ましだ」

「そういうことではなく」

まずあきらかに体調不良だというのに、なぜ水か。

おそらく水が原因で体調を崩したのに、なぜ水か。

麗丹の主張はそれなりに理にかなっていると麗丹自身は思っていたが、医師は首を横に振る。

「貴女《あなた》は率直に言って、体重が足りなすぎる。今いちばん恐ろしいのは脱水症状だ。それから言うまでもなくこれは、紅霞宮の水ではないから安心するがいい」

麗丹の陰での呼び名は「鶏《とり》がら」である。目の前で言われないかぎりはとやかく言わないだけで、麗丹自身もそう呼ばれてもおかしくない体型であることは自覚している。

「…………」

麗丹は無言の中にも不機嫌さを隠さず、それでも素直に碗を手にとった。手伝おうと伸ばしてくる杏の手を断り、一気に飲もうとする。しかしそこで「ゆっくり飲むように」とかけられた声に、碗を傾ける角度をちょっと調整した。

「飲みながら聞いてほしいのだが、やはり貴女の見込みどおり原因は水だろう」

でしょうねと思いつつ、口を挟むようなことを麗丹はしない。それは水を飲んでいる真っ最中であるからなのはもちろんであるが、ここはまどろっこしくても共有している情報を確認しあうことが重要だったからだ。

「そしてその水に仕込まれている毒のことだが、なにもわからん。どうやって持ちこまれたかも、なにもわからん」

医師の言っている内容は、簡潔にして明快であった。

麗丹は水を飲み終えて、ため息をつく。体を張った結果得られた情報がこれだけというのは、やはり腹が立つ。

持ち上げていた器を下ろすと、すかさず杏がそれを受けとった。

「もう一杯注いでやってくれ」

——はい。

医師の指示に頷《うなず》き、水差しを手に取る杏を横目で見ながら、麗丹は問いかける。

「先に亡くなった、韓婕妤《かんしょうよ》はおそらく毒殺ですわね？　それと同じ毒では？」

「いや……それは違うだろう。ただ韓婕妤は、おそらく丹砂《たんさ》が原因だと思われる。」

「丹砂？」

耳にした言葉に眉根《まゆね》を寄せる麗丹に、医師は「ああ、これはだな」と前置きをして語りはじめた。

「丹砂とは赤色の顔料で、薬の原料として用いられるが、もちろん貴女たちの使う化粧品にも……」

麗丹はここで説明を遮る。

「いえ、わたくしは成分的なことですとか、なにに含有されているのかを知りたいのではなく……」

そのくらいのことは、麗丹とて知っている。頬紅とかで、麗丹も毎日使っているものだから。

「そもそも、丹砂って毒ですの？」

もちろん麗丹も後宮暮らしが長い。だから薬が毒になることをよく知っている。けれども丹砂は……、

「仙丹《せんたん》の原料でございましょ。それが体に害を及ぼすなどということが、あるのですか？」

仙丹は不老長生の薬とされており、代々の皇帝も服用している。当今《とうぎん》も医師に処方されているはずだ。

「仙丹の原料だろうが薬は薬、過ぎれば毒になるものだと、以前から私は思っていた。だがその見解は、どうしても他の者たちに受けいれられなくてな……」

後代の人間にとっては当たり前のことであるが、この時代、丹砂の主成分が有毒であることはまだ理解されていなかった。実は今この瞬間、この場所で、この国の医薬品の歴史が動きはじめているのだが、当事者たちは一人を除いて、重要度をいまひとつわかっていなかった。

遠い目をする医師に、過去の葛藤《かっとう》やら相克やらがうかがえたが、麗丹はそんなことには頓着《とんちゃく》せず、なるほどなと納得していた。彼がいきなり宮廷医を辞めて、花街《かがい》の医者になったいきさつを理解できたからだ。当時このことを梅花から初めて聞いたとき、二度くらい聞きかえした覚えがある。

つまり彼は、日常的に丹砂を化粧品として使う女――妓女《ぎじょ》たちを、間近で自由に観察したかったからという医学的な理由で動いていたわけだ。彼が完全な善意の人ではなかったという事実が、ここに暴露されたわけなのであるが、筋道の立った理由がつく事柄は麗丹が最も好むものである。

それに始まりがどうであろうと善行は善行であるし、彼がずっと花街で働いていたのは仮説の検証だけが理由ではなさそうなので、そのへんについては暇な人間だけ追及すればいいと、忙しい麗丹は思っている。

「けれどもまだ、実証はできておいでではないのですね？」

「私は観察しかしておらんからな」

医師は苦笑するが、そんな物騒な仮説を市井で検証されたらたまったものではないので、当然といえば当然である。

「韓婕妤の死因が丹砂だとすれば、用いたものはおそらく化粧品ですわね。それつながりで、紅霞宮で盛られた毒物もおそらく化粧品でしょう。いくら身体検査を受けても、そもそも毒と思われていないものを持ちこむのなんてたやすい……」

「貴女は茹昭儀を犯人だと思っているようだな」

「当たり前ですわ。ここまで符号が揃っていて、犯人が茹昭儀でないなんてこと、ございまして？」

化粧に詳しく、化粧品に含まれている成分で死んだ女がいて、それとほぼ同時期に体調を崩した女たちがいて……。

「……？」

麗丹はここでとんとん、と肩を叩《たた》かれた。水を湛えた碗を持って待機していた杏である。

「どうしたの？」

問うと杏は、碗を麗丹に渡してから横に置いていた箱を手に取り、中に入った砂に文字を綴《つづ》りはじめる。

——本当にそれだけなのでしょうか。

麗丹と医師は、箱をのぞきこみ、まったく同じ瞬間に顔をあげてお互いの顔を見あわせる。

下っ端の女官の弱音と片づけるには、二人とも誰かの声に耳を傾けることを知っている。それに、仮説どおりだと確かに話がわかりやすすぎているのだ。

麗丹は茹昭儀と初めて会ったときのことを脳裏に浮かべる。あまりいい思い出ではないのは、彼女への好悪以前の問題だ。

なにせこれから後宮に入るという妃嬪《ひひん》の服をひんむいて検査するという、仕事でなければやりたくもない場に、責任者と当事者として顔を合わせたのだから。

もちろん責任者以外の女官たちも、目の半分くらいは死んでいた。年齢差とか経験の都合上、妃嬪たちに尊重されることもままあるが、単純に位でいえば女官たちは妃嬪よりも遥かに下の立場である。

相手の合意はとっているとはいえ、高位の妃嬪になることが確定している相手にへんに悪感情をもたれたくないし、かといって徹底的にやらないわけにはいかないという板挟みの状態だった。

もし誰かに疑われたら、自分たち女官の名誉のために敢然と戦う覚悟が麗丹にはある。あの場にいる誰一人、楽しんでいる奴はいなかった、と。当時はまだ無位だった茹昭儀も含めて、間違いない。

庶出とはいえ王族の姫として育ったうら若い娘が、いい歳をした見知らぬ複数の女性の前で自ら服を脱ぎ、よってたかって体をいじくり回されるのは、どれほどの苦痛だったことか。

これは他人にいつも着替えを手伝ってもらっているほどの人間だから大丈夫、という問題ではない。それに彼女は、自分で衣服の着脱ができるうえに、日常的にそうしてきた人間のようだった。

それでも彼女は弱音を一切吐かなかった。王女として申し分ない身なりを自分たちの目の前ですべて剝《は》がし、口をつぐんで、弱音を含め一切の語を発さなかった。

赤裸でありつつも顔だけ丁寧に化粧がほどこされたちぐはぐな状態で、それでもこの化粧が自分を守る壁だとでもいうように、感情の一切を顔に出さなかった。おそらく緊張の極みにあったからか、茶を勧めてもまったく口にしなかった。

あのとき彼女の真一文字に引き結ばれた口に塗られた紅に麗丹は、茹昭儀の心中に流れている血を連想したのだった。

柄にもないことを考えたものだ。

※

「賢妃さま」

呼ばれ、真桂は顔を上げる。うやうやしく一礼する自分の女官が目に入る。真桂は書き物をする手を止めた。

「ただいま戻りました」

「おつかれさま。娘子《じょうし》のご体調はいかが?」

「はい。お顔の色も明るくなっておいででした」

「それは重畳」

真桂は口元をほころばせた。やはり腹心である細鈴《さいりん》から直接報告を受けると安心する。

だが彼女を向かわせたのは、皇后へのご機嫌伺いだけが理由ではない。

「書類も無事お渡しできました。こちらは前回の書類に、決裁印をいただいたものでございます」

「ありがとう。座っていていいわ」

「はい」

真桂は厳重に封がされた箱を受けとり、自ら鋏《はさみ》を取りだして紐《ひも》を切る。中の文書を取り出して、無言で内容を検《あらた》めた。

その間腰掛けた細鈴は、真桂の様子を静かに見守っている。

「よかった、大丈夫だわ」

書類を検め、顔をあげる真桂に、細鈴もほっとした声を出した。

「それはなによりです」

真桂はこの度、皇后不在の間の後宮の監督を任されていた。これは皇后の思惑とは関係のない、誰から見ても無難な人事である。

こういうときに皇后の代行を選ぶ場合、重視されるのは家柄と現在の身分と年期である。

家柄でいえば紅燕、茹昭儀、そこからはるか下に真桂が位置する。

現在の身分でいえば紅燕、真桂、茹昭儀が団子のように固まっている。とはいえ、真桂と茹昭儀の間には、四夫人と九嬪《きゅうひん》であるという厳然たる差が転がっているが。

最後に年期でいえば、後宮で過ごした日々は真桂、紅燕、茹昭儀と、これは年単位で差がある。

紅燕は若年であるうえに茹昭儀を刺激できない立ち位置だし、茹昭儀は新参という事情を加味すれば、ごく順当に真桂が役割を担うことになった。

それにしても決定時に茹昭儀側が異議申し立てをしなかったのは、妊娠の件もあったのだろうなと真桂は思っている。この仕事はわりと激務なので、体調に問題があるのならばやらないにこしたことはない。

客観的にみれば真桂が難しい仕事を押しつけられたともいえるが、特に不満はなかった。これまでも皇后を手伝ってきたし、こういう仕事は向いていると自負できる程度には、身の丈に合っている。

「問題ないようね。それではこれで、先の書庫の火災は片づくわ。今日、内侍省《ないじしょう》の者が来るのは……」

「あと二刻ほど後です」

すかさず答える細鈴に、真桂はどこか呆《あき》れた顔をする。

「お前には、娘子への遣いを任せているのだから、わたくしの予定の管理までしなくてもいいのよ。自分から負担を増やすのはやめなさい」

「賢妃さまのご負担に比べれば、これしき」

細鈴は事もなげに言う。そんな彼女の忠義を、真桂は不思議だなと思うことがあった。他の女官たち——梅花だとか、雨雨だとか、香児とか——に比べると、細鈴は真桂に対してはかなり割りきった接し方をしている。盲信することはなく、かといって忠義がないわけでもない。

これってなんだろうと思ったことはあるし、本人には絶対に言えないが他の女官をうらやましく思ったことも、ある。それこそ親よりも理解している人間ですら、わからないことがあるのだから、人というのは難しいと悟りめいたことを考えたこともある。

けれども最近になって思うのは、彼女は自分の鏡なのだということだ。

彼女の尽くし方が、自分にもっとも合っている。そして本来なら自分も、誰かに尽くすならば彼女のようにするのがもっとも向いていたのだと。

盲目的に、のめりこむように。

そんなふうに接するのは、真桂が楽しかっただけにすぎない。

「若いって、嫌ねえ……」

「賢妃さま……」

細鈴が気づかわしげに声をかける。

「そんなふうに脈絡のないことをいきなりおっしゃると、本当に若さが失われているように見えますよ……」

「こら！」


こういうところ、嫌いではない。

本当に嫌いではないのだ。

真桂はこほんと咳払《せきばら》いをすると、細鈴に向きなおる。

「さて、娘子付きの女官たちの様子はどう？」

「長患いをなさっている方もおいでですが、総じて好転傾向です。娘子がお連れあそばした女性の武官たちも、よく働いているようで」

「それはよかった。この後徐尚宮に報告に行くように」

「はい」

おそらく麗丹は、自分で情報を摑《つか》んでいるだろうが。

現在、仕事の都合で皇后とおおっぴらに連絡をとりあっているのは真桂、そして麗丹である。そしてこの二人、特に協力しあっているわけではない……といっても後宮のこと自体は、真桂が妃嬪と後宮全体のこと、麗丹が女官と各種行事のことというふうにきちんと分担している。

ただ関小玉という人物を中心に一致団結しているかどうかといえば、そんなことはまったくない。真桂はそんなつもりはないし、麗丹も多分そうだ。向こうから接触しようとする気配すらない。

真桂自身は、皇后の味方のつもりだ。

そして麗丹も、皇后の味方である。我が身で毒を試すという、捨て身の行いをする程度には……あれを聞いたとき、聞きかえしたのは一度ではないし、開いた口が更に開いて顎《あご》が外れるかと思ったくらいだ。

けれども味方の味方が、味方になるとは限らない。

真桂は麗丹の皇后に対する姿勢に、自分との微妙な齟齬《そご》を感じている。齟齬といえば確かに真桂は、同じ皇后派である紅燕といつも仲良く喧嘩《けんか》しているが、それとはまた違うのだ。

紅燕とはぶつかりあえばそのうち納得するか、どちらかが相手を押しつぶして解決するかで終わるだろうし、これまでもそうだった。だが麗丹との齟齬はかすりはしてもそのますれちがうだけの類《たぐい》だった。そして後宮における人間関係のすれちがいは、往々にして大惨事で終わる。

だから真桂は麗丹の行いを横目で眺め、自らの利益に反することをした場合に妨害する準備だけしている。おそらく逆もしかり。

今のところ麗丹が、真桂たちにとって都合がいいように動いているので、真桂は表向きの仕事以外で麗丹と接触しようとはしていない。逆もまた、しかり。

「……徐尚宮とは娘子のお戻りについて相談しなくてはね」

これは表向きのお仕事の話である。

「いささか早すぎるのでは？」

細鈴の意見に、真桂は首を横に振る。

「お戻りになることが遅くても、お戻りになるときのことを相談するのは、早いにこしたことはない」

「ですが……」

それでもいいつのるのは、細鈴にしてはなかなか珍しい。けれども理由を察しているので、真桂は特にいぶかしむことはなかった。

「女官たちのことが心配なのでしょう？」

もうだいぶ体調よくなりましたね、ならすぐ戻りましょう……なんてこと、女官たちから見るとあまりにもむごいことだ。後宮内でも、彼女たちはもう少し療養させたほうがいいのでは……という声が、主に下から聞こえてくる。

立場が近いだけあって、細鈴も同じ感情を抱いているようだった。

「はい」

「安心なさい。わたくしもよ」

人心を掌握する点でも、そんな措置は望ましくない。また、衛生面でも戻ってきて早々彼女たちがまた体調を崩すのもよくない。彼女たちは皇后よりもはるかに体調が悪化していたことであるし。

あとなにより、真桂も人の子である。紅霞宮がまだ元気だったころ――それはすなわち、劉梅花が健在だったころだ――訪れるたびにもてなしてくれた彼女たちを、必要もないのに苦しめたくはない。

そう、皇后が戻ってくるのに女官たちが必要でない状況を、考えなくてはならない。

人によっては、「このまま皇后は離宮にとどめおき、廃后ということになるのでは」と言う者もいる。

それはそれでいいだろう。皇后にとっては、もしかしたら少し幸せかもしれない。完全に……とは言えないのは、真桂が皇后のことを理解しきれている自信がないからだ。人の心って、なんて難しい！

けれども皇后の心の奥底はさておき、真桂自身は皇后が戻ってこなくてはならないと考えていた。これは自己満足によるものというより、一種の危機感によるものだった。

皇后の代行でいろいろな決裁をするに当たり、真桂は皇帝と直接会うことが増えた。茹昭儀を孕《はら》ませた皇帝に対して怒りを抱くには、真桂は後宮の義務だとか力関係について深入りしすぎている。おかげで皇帝を冷静に観察できた。

そうして違和感を覚えたのだ。

皇帝の、皇后に対する言動についてではない。あまりにも無関心なそぶりではあるが、それくらいは予想の範疇《はんちゅう》内だ。

違和感を覚えたのは、真桂に対する態度だ。元々皇帝は、真桂のことがあまり好きではないということを、真桂は理解していた。今さらそれが変わったとしても、鼻で笑っていただけだろう。

けれどもこの変わり方は、予想の埒外《らちがい》で……実をいうと、気のせいではないかと思いたい自分自身がいた。

「賢妃さま」

「……ん、ああ、なに？」

考えごとをする自分に声をかけるなんて、細鈴にしては珍しい。けれどもそれだけ大事な用事なのだろうとわかっているので、真桂は特に怒らない。

「ご実家への御文を、そろそろご用意なさる時期では？」

真桂はふっと笑った。

「そうね、さすが気が利くわね」

「わたくしはいささか都合が悪くて、ここ最近は御文を届けられておりません……ですから今御文を届けに上がるのは、仕方がありませんわね？」

かわいらしく小首を傾げる細鈴に向き合い、真桂も同じくらいの角度で小首を傾げる。

「そうね、しかたがないわね」

やっぱり自分には、彼女が向いている。

愛が一瞬で目減りするということを、王蘭英《おうらんえい》は知っている。それは見聞きしたものではなく、自分で経験したものだった。

※

蘭英は武官の娘として生まれた。とはいえ父はそれほど地位の高い人間ではなく、地方にあまたある府兵を管理する機関の、長官の次の次くらいの人間であった。現地ではそこそこ幅を利かせられる立場だ。

蘭英は、幼いころから父の職場にくっついていくことが多かった。鍛錬を受けても武術がまったく身につかなかったこともあって、武官を志そうとは思わなかったが、多少成長すると小間使いたちの手伝いをして父から小遣いをもらうようになった。

まさしく公私の混同ではあるが、地方で、しかも人材不足ということもあってまかりとおっていた。

あくまで父の懐から出た金であって、公金から自分の小遣いが出ていなくてよかった……と、官吏となった今では安堵《あんど》しているところである。

子どものころから親の手伝いをするのは、この国ではありふれたことである。けれども蘭英にとって幸福だったのは、それが自分に向いていると自他共に認められる内容であったこと、なにより蘭英自身が楽しいと思える内容だったことだ。任せられる仕事は着実に増え、いつのまにか正式な仕事として賃金をもらうようになっていた。

この時期、帝都から出向してきた武官に、軍属の文官が合うのではないかと言われ、ほのかな憧《あこが》れを抱いたものだ。大人たちは「若い娘はすぐ帝都に憧れる」と、呆《あき》れ顔であったが、この件についてはちょっと違うと蘭英は思っていた。

多分その仕事がどれだけ僻地《へきち》でのものであっても、やはり自分は憧れていたに違いない。だから帝都であるなしは関係のないことだった。

しかし生来控えめな蘭英は、その思いを口に出さず、穏やかに笑うだけだった。誰かと言い争うのは好きではない。それは蘭英が平和主義だからというより、労力を惜しんでいたからだった。

また、憧れを口に出したからといって、それだけで実現するようなものでもないし、実現を目指すほど身のほどしらずでもなかったから、やはり口に出さないほうが蘭英の心を煩わせないと判断したのだった。

その後、人生が激動するということもなく、蘭英はごく普通の娘として結婚適齢期になった。

こういうとき親は結婚相手を勝手に決めるものだが、父親は自分の職場で働く蘭英に一目置いていて、「どういう相手がいい？」と意見を求めてくれた。もしかしたら父は蘭英を、部下の一人のように思っていたのかもしれない。蘭英はそれに嬉《うれ》しさを覚えつつ、「仕事を続けることを許容する男性であれば」と答えた。

おそらく……ここで「誰それが好き」というような答えを発すれば、多分父は激怒していただろうと判断した。野合《やごう》のように、結婚前に男女が心を通い合わせるのは汚らわしいと思う人間であったから。

父のそんなところは、蘭英を疲れさせることはままあったが、それが父への愛情を目減りさせることはなかったし、なによりそんな頭の固い人間が「結婚相手の意見を娘本人に聞く」ほど、自分の仕事ぶりはめざましいものがあったのだ。

その事実は、蘭英の自尊心を満たしてくれた。あくまで家庭内のこととはいえ、一家の柱の男が、娘を一人の働き手として認めるということは、よほどのことなのである。

蘭英の意見に父は「なるほど」と満足げに頷《うなず》き、そして一月ほどしてから蘭英に縁談を持ってきた。拒否権はないが、蘭英は相手に満足した。

夫となる人間は自分よりだいぶ年上で、一度結婚しているが妻に先立たれている。まだ幼い男の子が一人。あれこれ口を挟んでくるような、うるさい親類はいない。

つまり蘭英は後妻として嫁ぐことになる。そうでもなければ、仕事を続けることを許容しないだろうと納得した蘭英は、身の丈にあった縁談だと思った。子どもがいることも気にならなかった。子どもは好きだ。

それに、小さい子どもが母親がいないままずっと過ごすのは、憐《あわ》れだと思った。この考えは蘭英が特殊なのではなく、わりと一般的なことだ。妻を失った男は子どものために再婚するし、周囲のご婦人たちは子どものために縁談を勧めるのである。

よい母親になれるよう頑張ろう……と思い、蘭英は翌月には先方に嫁いだ。父が蘭英に相談した時点で、結婚することは決定していたから準備は事前に済ませていた。蘭英の仕事の早さに、父はやはり満足げに頷いていた。

蘭英の夫は、姓を鄭《てい》といった。武官であり、直属ではないが父の部下にあたる人間だ。夫にとっては二度目の結婚であったため、こぢんまりとした式を経て蘭英は鄭家に入った。なにせ職場が同じものだったから、共通の話題には事欠かなかった。

朝は小間使いに子どもを任せ、夫と共に職場に向かいながら色々な話をした。帰宅時間は違ったので、息子の相手をしながら料理をし、夫の帰りを待った。息子となった夫の連れ子は、やはりかわいらしく、蘭英によく懐いた。

そういう生活が数年続き、蘭英は穏やかに家族と過ごしていた。父、次いで母の死という弔事が蘭英を悲しませたものの、親が子より先立つのは世の理《ことわり》である。悲嘆しても、絶望することはなかった。

転機が訪れたのは、夫の出征だった。

蘭英の夫はあまり戦にかり出されることのない立場であったが、さすがに兵が不足し、やむをえず……ということであった。

蘭英は不安がる息子を慰めながら家を守っていた。その前に現れたのは、赤子を抱えた一人の女だった。

そのとき情報として得た確実なものは、女は夫の情人であったということ、赤子は女と夫の間の子だということ。

実をいうと、やりとりとしての事実を蘭英はあまり覚えていないのだ。思いだそうとはしても、どこか灰色がかった霞に覆われた光景が脳裏に広がり、不快感を蘭英に与える。

事情を手短に語ると、女は赤子を蘭英に押しつけて走り去った。追いかけられなかったのは、赤子を落としそうになり、慌てて抱え直したためであり、まただならぬ雰囲気に息子が泣きだしたためでもあった。

自分自身、動揺していたからでもある。

夫のことを愛していたと理解したのは、その瞬間だった。一瞬で愛が目減りしたのを実感したからだ。愛してなければ、目減りなんてしない。とても皮肉な話だ。


息子の泣き声につられて赤子が泣きだし、自分も泣きたくなった。

そんな彼女たちのところに、夫は帰ってこなかった。

撤退の最中、土砂崩れに巻きこまれたという。死体は見つからなかった。


血のつながらない子どもを二人抱え、蘭英が選べる道は二つだった。寡婦として子どもたちを抱え、実家（両親はもういないが）に戻ること。あるいは未亡人として、夫の遺児を育てること。蘭英が選んだのは後者だった。

鄭家には、幼い子どもの世話をしてくれるような親類はいない。自分が家を出てしまったら、子どもたちは生きていけない。親類がいないことも織り込み済みで嫁ぎ、その利点を享受した以上、短所もまた受けいれるべきだと、蘭英は思った。

またここで子どもたちを捨てさるには、息子を愛していたし、また生まれたばかりで母に捨てられ、父を亡くした赤子が憐れだった。

赤子の母のことは事態が落ちついてから調べたが、やはり夫の情人であったのに間違いはなかった。夫が出征している最中に、他の男と懇ろになって、新しい生活を築くのに赤子が邪魔だったという。

そのことを蘭英が聞き出したのは、夫の同僚からだった。蘭英とも付きあいのある人間だった。彼は知っていて、蘭英になにも言わなかったのだ。

さすがに後ろめたさがあるのだろう。夫の同僚は、気まずげに語っていたが、蘭英は遠慮なく問いただす。

「この子が……他の男の種である可能性はありますか？」

「ないだろうな……彼女は、惚《ほ》れたら一途《いちず》だから、その……」

「把握しました。それでは」

聞き出せることをすべて聞き出した蘭英は、礼を述べずに彼と別れ、そして関係を断った。

けれども夫の同僚ということは、つまり蘭英とも職場が同じである。そして夫の不倫を知っていて黙っていた人間は他にも何人かいて、彼らは蘭英を気にかけて接触しようとしてきた。

善意ではあるのだろう。けれども責任感だとか罪悪感のほうが勝っていたように感じた。同輩の不倫を、男同士の連帯感かなにやらで黙っていたら、同輩が死に、未亡人にすべてがおっかぶさったわけなのだから。

けれども蘭英にとってはただわずらわしいだけだった。

わずらわしいのは、近所の好奇の目もである。それは単純に蘭英を不快にさせるだけではなく、子どもたちを苛《さいな》むものであった。特に息子は幼いながらも、物がわかってくる年ごろで、なおかつこの場合については不幸なことに、他の子よりも聡《さと》いところがあった。まだなにもわからない赤子だって、そのままでいるわけがない。

だから蘭英は、遠い親戚《しんせき》を頼り子どもたちと共に帝都に向かった。親戚には夫を亡くし、子どもたちを育てているということだけを教えた。間違ってはいないし、嘘ではない。

幸い前職のおかげで宮城に紹介状を書いてもらえ、慣れた仕事をできるようになった。

そのうち、兵卒として雇いなおされることになったのは予想外だったが。

そういうふうにして、子どもたちを育ててきた。

自分のことを健気《けなげ》だったかと思うかと言われれば、素直に頷く。そういう自分が好きだったし、酔っているところもあった。若かったから。

けれどもそれだけではないんじゃないかと言われても、また素直に頷ける。逃げることを否定するつもりはないが、自分の性格と今置かれている状況から鑑《かんが》みて、この自己嫌悪から逃げ出したら、一生囚《とら》われるという自覚があった。いっぱしの才女のつもりでいて、それなのに夫の不貞には気づかなかったという間抜けさを、自分なりにどう埋めるかを考えた末での行動だった。

なにより蘭英には意地があった。それは夫への愛が目減りしたときに、一気に膨らんだものだった。

それに……夫は生きているのではないかという思いもあった。ただの願望ではあったが、見つけて罵《ののし》ってやりたいという願望はなににも勝るものだった。

まさか叶《かな》うなんて思わなかったけれども。

思えば蘭英が夫に対して抱える情の総量は、常に変わりはなかった。愛で満たされたことはあるし、怒りで満たされたこともある。十年以上は、意地だけで保っていたこともある。

思いだすにはあまり嬉しくないことを、丁寧に回想しているのは、こじれている夫婦関係が身近に二件ほどあるからだった。片方は自分の娘、もう片方は自分の上司である皇帝のものだ。

蘭英は皇后である小玉とのつきあいのほうが長いけれども、心情的には皇帝のほうに親しみを持っている。気質が自分に似ていること、そして繊細なところが蘭英の息子に似ているからだ。ただしこれはあくまでも、蘭英の見解にすぎない。娘には首を横に振られてしまった。

息子のことは、この年になっても蘭英にとっての気がかりだ。幼少時、父の不貞について嫌な思いをした彼は、結局立ちなおりきれないまま大人になってしまった。けれども引きこもり気味ではあるが、手に職は持っているし、なにより優しい子だ。

妹である絲にわだかまりは抱えていたようであるが、かといって当たることもなく、生《な》さぬ仲の蘭英にも優しい……いや、むしろ血がつながらないからこそ蘭英に優しいのかもしれない。彼は父親に当たりが強かった点では、絲に勝る。それは彼にとって当たり前の感情だったのかもしれないが、それでもうまく取りなすことができなかった自分を、蘭英は許せないでいる。

蘭英と同じく血のつながらない家族である旻《びん》（今は繍《しゅう》と呼んでいる）のことも、事情をまったく知らず、また聞こうとしないまま可愛がっている。繍のおかげで、息子は少し外に出られるようになったし、家族での会話も増えた。

自分と息子、または自分と娘、あるいは息子と娘……というような一対一の会話はよくあったが、全員で揃っての会話というのは実はあまりなかった。それが間に繍を挟んだおかげで、うまくいくのだ。面白いことだと、蘭英は自嘲《じちょう》を込めつつ考える。

かなり色んな人間に、蘭英は良妻だの賢母だの讃《たた》えられているが、本人は自分のことをかなり好き勝手して生きている人間だと思っている。そもそも帝都に来たときだって、子どもたちを残して死にかねない職を選んだし、最終的にはなんだかんだで自分の憧《あこが》れの職に就いたし。

子どもたちにさえ、「自分の人生を犠牲にした」と思われているところがあるが、実際のところそうでもないのだ。

けれども否定したら、子どもたちが余計に悲愴《ひそう》な顔をするので、なにも言えないまま今日に至っている。その点自分は、どこにでもある欠陥を持つ家庭の構成員の一人にすぎないとも、蘭英は考えている。欠けているところをだいぶ埋めたと自負はしているものの、それでもどうしても埋められないものはある。

蘭英は皇帝と向き合いながら考える。

――この方もきっと、娘子《じょうし》との間に生涯埋められないものを持っている。

逆もまたしかり。皇后も皇帝との間のものを埋め切れないまま終わるだろう。

どこのご家庭でも同じ。特に家庭の最小単位である夫婦のことについては、どれほど高貴だろうが、下賤《げせん》だろうが、結局当事者にしかわからないところが絶対にあるのだと、蘭英は思っている。

場合によっては当事者ですらわからないことがある。たとえ目の前にいなかったとしても、夫という存在を支えの一つにしながら、自分は長いこと生きていた。

だからか、思いがけない偶然で夫と再会し、いくらでも望みは叶えられるはずだったのに、結局蘭英は夫のことを罵ることはできなかったし、世話の甲斐《かい》なく夫を亡くしたときは悲しかった。

今だって悲しい。

この気持ちを理解できる人間は、多分それほどいないだろう。もしかしたら否定する人間だっているかもしれない。面と向かって否定されたらきっと、このことについてだけはどれほど正論を前にしたとしても、自分は相手をあらゆる手段で攻撃するだろうなと蘭英は思っている。

蘭英の事情を知る者がほとんどいないことは、人間関係の平和においてたいへんけっこうなことであった。

皇帝に椅子を勧められ、蘭英は一度断ってから再度の勧めに応じた。

「新尚書《しょうしょ》との関係はどうだ？」

「元々気心の知れた仲です。立場の変化に伴う齟齬《そご》はもちろんございますが、想定の範囲内ですわ」

先代の兵部《ひょうぶ》尚書の琮士《そうし》廉《れん》が無事に去り、これまで蘭英の同僚だった薛侍《せつじ》郎《ろう》が尚書に繰り上がった。事前に打ち合わせていたこともあり、特に揉《も》めることもなく終わった人事である。

また薛が尚書に就任後いきなり豹変《ひょうへん》するということもなく、兵部全体を見ても多少の揺れはあったものの、大勢に変わりはなかった。

「それよりは、琮前尚書のご体調が気になります。先日薛尚書とお宅に伺ったのですが、幾分かお痩《や》せになって」

「ふむ……琮王は夫人もいなかったな」

「妹君が気にかけておいでのようですが、その……」

詳しくは知らないが、琮王の妹であり、亡き班《はん》将軍の妻である琮夫人は、班将軍が亡くなったあたりから兄から距離を置かれている。

蘭英自身、家族関係のことは他人に触れられたくない人間なので、事情を尋ねはしないし自分がどうにかしようとも思わないが、琮王に対する心配が目減りすることもないので、困っていることだった。

「いや、これは皇族間でどうにかすることだな。心配をかけた」

「めっそうもないことです」

皇族間といえばたいそうなことに聞こえるが、要は親戚同士の話だ。確かにそれが筋というものだから、蘭英は安心して皇帝に委《ゆだ》ねた。

「他に兵部がらみのことで気になることはないか」

「必要がございましたら、きちんと上奏いたしますので」

「お前自身の思うところを聞きたい」

言われ、蘭英は眉《まゆ》をひそめる。暗に「手続きをきちんと踏みます」と言っているのに、皇帝がそれを無視するとは、あまりらしくない。

「あくまでも、管見の及ぶかぎりではございますが」

「かまわん」

「不敬に当たるともとれる内容でもございます」

「俺相手になにをためらう」

蘭英は小さなため息をついた。

「おそれながら、大家に対する不敬ではないのです」

皇帝がぴくりと眉を動かした。

「皇后か」

「ご明察でございます」

「この程度に明察もなにもない。かまわん、言え」

けれどもそう言う皇帝の声は、少し硬かった。おやと思いながら、蘭英は遠慮なく言う。

かねて気になっていたことだったから。

「武国子監《ぶこくしかん》のことでございます」

「それか……」

心なしか寄せられていた、皇帝の眉が開いた。

蘭英は「なんのことだとお思いだったのですか？」などと意地悪をするつもりはなかったので、出した話題をそのまま続ける。

「娘子が頻繁に不在でいらっしゃるため、進みが芳しくありません。確かに娘子の肝いりという看板は大事なものではございますが、総括自体を娘子がなさるのには限界がおありだと愚考いたします。よい試みではあると存じますが、それだけに現状は訓練にいそしむ若者が憐《あわ》れでございます」

「そうだな……俺もそれは考えていた」

皇帝は椅子の背もたれに体を預け、やや天井を仰いでから言った。

「責任者を別につけるか」

「すでに陳《ちん》が就いておりますが」

「役職として、正式に陳に任せる」

ここで言う陳とは、小玉との腐れ縁もここに極まれりという陳叔安《しゅくあん》である。この件で相当出世したことになるのだが、終生治らぬ胃痛の種を抱え込んだことになる。なお、最近彼にも孫が生まれている。

「では娘子はあくまで、名誉職という立場で……」

「そうなるな」

ここで話しあったことが、ほんのちょっと先に武国子監の存続に少々かかわってくるのであるが、この二人ですら察していないことであった。

「近々上奏してくれ」

「はい。薛尚書も同意見でございましたので、さほどお待たせはしないと存じます」

ちょうど話に一区切りついたところで、蘭英は退出する。

廊下を歩みながら、蘭英は物思いにふけった。皇后のことを話に出した瞬間の皇帝に、既視感があった。

あれは……昔の自分に似ている。夫へ向ける情の中で、愛が一気に目減りしたときの自分に。

やはりあの件がかかわるのだろうか……と蘭英は思う。茹昭儀のことは当然であるが、官吏たちの間でも共有している情報だ。来歴から皇后派と見なされている蘭英は、周囲から気を遣われている立場であるので、あまり他人事《ひとごと》ではない。

娘である綵は守秘義務の範囲内で、皇后が皇帝に落胆してどうのこうのと話すことはあるが、逆もあったのだなと蘭英は思った。まだ紅顔の美少年だったころの、皇帝ですらなかった「周《しゅう》文林」が「関小玉」に対してそう思うようになるだなんて。

けれどもこの変節を皇后に対する裏切りと思えない程度に、皇帝の気持ちは蘭英にも納得できるものだった。

――あの子は、いつまでたっても子どもっぽいところがあるから。

「あの子」というのは、もちろん皇后のことである。

きっと永遠にそうでありつづけるだろう皇后のその要素は得がたいものであるが、長所も短所もある。苦笑する蘭英だって、彼女のそういうところにかちんとくることはあったが、嫌いだと思ったことはない。

少なくとも彼女は、置かれた立場の中で責任を果たそうとはしている。

けれどもそれをわかっていて皇后に立てたのは、他ならぬ皇帝だ。きちんと責任を持つべきだろう。

今のところ蘭英が願っていることは、まだ小さい子どもが酷《ひど》い目にあわなければいいということだ。

自分の子でも、他人の子でも。

※

紘の言葉を一蹴《いっしゅう》……というにはちょっと苦しいが、とりあえず今は取り合わないことにした小玉であったが、意外に引きずっていた。

経験上小玉は、会ったことのない人間に、勝手な思い込みで勝手に失望されることはよくあった。けれどもよく知られている相手に失望されるというのは……やはりなかなかに来るものがある。

紘の言葉、態度を振りかえってみるにやはりあれは、失望されているということなのだろう。勝手に失望すればいいと割り切れるほど、小玉にとって紘との関係は浅いものではなかった。

なにより紘の場合、会った当初はそれこそ「勝手な思い込みで勝手に失望してきた」人間なので、そこから関係を築いてきた相手に今また失望されるというのは、自分はもう手の施しようのない人間になったのではないか感がひしひしとわいてきて辛《つら》い。

紘と会話する機会が減ったのはそのせい……というわけでもないが、会う機会が減ったことにちょっと安堵《あんど》している自分がいるので、やはり小玉の中でも気持ちに整理ができていなかった。

――というか、今のあたし旦那《だんな》に嘘をつかれたうえに他人と子どもを作られて、病み上がりなんだけど、周囲わりとひどくない!?

と、心の中で叫んだりもする。実際に胸中で言語化すると、けっこう自分にも正当性がある気がして、なにがなんだか。

とはいえ小玉は、そのことだけにかかずらっているわけにもいかなかった。離宮にいたとしても、小玉の生活はけっこう忙しい。というか、離宮にいるからこそ忙しいというべきか。

皇后として決裁する仕事はある程度は真桂に任せられたが、どうしても小玉自身が目を通さなくてはならないことはある。また宮城内のことを真桂や麗丹と共有しなくてはならない。わざわざ相手を出向かせるわけにもいかないから、やはりやりとりは文になる。おかげで宮城にいるときよりも、筆を持つ時間が長くなってしまっていた。

離宮の差配も、女官たちが寝付いている間は、綵たちが代行してくれてはいたものの、結局は小玉が決裁しなくてはならないので、なんだかんだで小玉は離宮でもけっこう働いていた。

けれどもときどき、ぽっかりと間隙《かんげき》が空いたように暇な時間ができてしまう。こういうときはよく鍛錬をするのであるが、今の小玉はなるべく大人しくしていなければならないので、それはできない。

でないと女官たちが、無理をしてでも起き上がって、小玉の世話を焼こうと試みるし、そうでなくても小玉の様子を見守ろうとするからだ。

頼むから寝ていてください。

「娘子《じょうし》、ここではどうか大人しくしていてください」

「もちろんです！」

というのは、清喜と小玉がここに着いた当初のやりとりである。爾来《じらい》小玉は、その約束に忠実に動いている……いや、運動していない。

特に回復著しい古参の女官の一人が、「こんなことでしたら年中寝込んでいてもよろしいですわね」と、最近軽やかに笑いはじめたときには、頼むから健康でいつづけてくださいと頭を下げたくなった。

心からのお願いと、いつも迷惑かけてごめんなさいという、二つの意味で。

そろそろ体を動かしたくもある。とはいえ、ないものねだりも建設的ではない。ほかの時間つぶしとして、こんなときは読書でも……と思ったものの、急いで荷造りしたので娯楽の類《たぐい》は持ってきていない……いや、一応あるにはあるが、それは紅燕が別れ際に持たせてくれた雅媛大先生の作品集であった。

これを読むくらいなら、綵に恋愛小説を借りようかと思ったが、そもそも彼女が出張にそんなものを持ってきているわけもない。小玉にとってここは療養先という名の生活の場であるが、綵にとってはただの出張先である。

だから仕方なく小玉は雅媛大先生の作品に手を伸ばした。それくらいやることがなかったのである。

――…………。

読んでいると、心がどんどん無になっていく実感がある。これは一種の精神修養として、効果があると思えてきた。読んでいて抱いた感想としては、とりあえず、

――あたし、空は、飛べないなあ……。

というものであった。

けれども読んでいるうちに、思うところがあった。感動したわけではないが、感銘には

似ているかもしれない。

――これは、あたしじゃないな。

雅媛の描いた「小玉」は、後宮で多くの妃嬪《ひひん》に親しまれている「小玉」は、小玉に似てはいたが明確に異なっていた。書かれていることを実際にやっていない、というだけの問題ではなく、人物として「小玉」は小玉ではなかった。

常に脳天気でちょっと鈍感だけれども、意外に賢く、どんなときでも強く、あらゆる知略で敵を倒す……もしかしたら、そんな要素は実際の小玉の中にちょっとあるかもしれない。

けれどもそれを考慮に入れたとしても、実際の小玉は脳天気さを装っているだけのことはあるし、鈍感というより見ない振りをしているし、賢さについては人それぞれだけれど学はあまりないし、寝つくたびに回復は遅くなり体力は衰えているし、敵を倒すにしても、なるべく基本を大切にしながらやっている人間だ。

なにより挿絵として描かれているものが、小玉を苦笑いさせた。作中の「小玉」は四十代だというのに、まるで二十代……もしかしたら十代にすら見える娘のように若々しく、豊満な肢体で、美々しい衣装を身にまといながら自信満々に剣を振るっている。

それでいて髪をひっつめて描かれているのがちぐはぐだった。若い娘は前髪を下ろしているものだから、描かれている顔と髪型が釣りあわない。

それともそう描くことで、年かさであるという表現としての約束事があるのだろうか。以前文林から聞いたことがある。老人と竹の組みあわせだとか、若い娘と外《と》つ国で使われているという扇子の組みあわせとかで、特有のなにかを表現しているとかなんだとか……高尚な話題であったが、小玉にしては意外に納得できた覚えがある。

店頭で特有の図柄や形状の旗がひらめいていたり、扱っているものの見本がぶら下がっていたりすると、これは酒屋だとか薬屋だとかがわかるという、約束事みたいなものなのだろう。なお店には文字が書かれた看板もあるのだが、かつての小玉のように文字が読めない人間にはあまり意味が無いので、そういうものが必要なのだ。

小玉自身も兵卒時代に買い物をする際、あの約束ごと——幌子《こうし》にはたいそうお世話になったものである。

なお小玉の理解についていつも首を横に振る文林も、この件については珍しく「そうだな、近いかもしれないな」と頷《うなず》いていたので多分正しいはずである。単に文林が商家の育ちだったからかもしれないけれど。

それにしても、と小玉は挿絵に意識を戻して苦笑する。こんなこと絶対にできないな、と小玉は思う。貧しい家に育った小玉は、布をふんだんにつかった衣装をさばくのが苦手だ。ましてやそれを着たまま剣を振るうなど可能な限り避けたい。

皇后生活にだいぶ慣れてきた今なら少しはできるかもしれないが、実践するくらいならばできるかぎり服をぬぐか、あるいは剣を捨てて徒手で闘うほうを選ぶ。実際、大立ち回りを繰り広げたことはあるが、あのときだって使ったのは石――王太妃がくれた硯《すずり》――と、笄《こうがい》である。

確かに小玉は、重い甲冑《かっちゅう》を身に着けて戦うことはできる。だからといって美々しい衣装に豪華な髪飾りをつけて戦えるわけではない。小玉の同輩の武官たちに、甲冑に慣れてるなら皇后の衣装を着て髪も整えて戦ってみろと言っても、間違いなく「できません」と言われるのと同じだ。


――いや、一人できそうな奴がいたな。

不意に懐かしい顔が脳裏に浮かんで、小玉はちょっとだけ口元をほころばせた。

とはいえ彼も、戦場で美々しい衣装を着ていたわけではないのであるが、彼だけは頑張ればやれた気がするし、やれと言ったら妙にはりきった気がする……逆に言えば、そんなこと頑張らないとできないのである。

女だから、どんな女の服を着ても戦えるというのは乱暴な発想だなと、小玉は皮肉な思いで挿絵をじっくり眺めた。でも絵画として出来はすごくきれいだというのは、絵心のない小玉にもわかる。

――こういうことが実際に出来そうなのは……李賢妃？

豪華な衣装を身にまとうことに慣れたうえで、武術を習い始めた真桂のほうが、多分こういうことはできるに違いない。雅媛たちはこういう主人公を書きたいならば、真桂を題材にすればいいのにと思ったところで、小玉はふと思った。

……もしかして真桂は、構図で協力しているのかもしれない。小玉はもう一度口元をほころばせた。真桂が小玉のあげた木剣を携えて、それっぽい姿勢で静止しているのを想像すると、ちょっと微笑ましい。

いつだったか梅花に、こんなことを言った覚えがある。もし自分のことが物語になるとしたら、それは美しいものになるに違いないと皮肉を込めて。まさかここまで現実と乖離《かいり》したものが、十年もしないうちに出来るとはね、と思った。

自分のことが後世に残るとしたら、実態ではなく、ここに書かれたような、もしくはここに書かれたものを更に膨らませたような虚像であることは間違いない。

そうであるならば、きっと素晴らしい伝説になるのだろう……。

ここまで考えて、梅花に会いたいな、と小玉は思った。

会って、このことを思い切り笑いながら話しあいたい。

「娘子、お茶の準備しました！　なにをご覧になっているんですか？　なんだかきれいな色をしてますね！」

溌剌《はつらつ》とした声でずかずか入ってきたのは雪苑である。いちいち許可も得ずに出入りしているのは、小玉たちが命じているからだ。この離宮での滞在中、小玉の身辺の世話はこの雪苑が担当することになった。

けれども彼女は元々そういうことに慣れている人間ではないので、ある程度の作法の不備には目をつぶり、彼女が混乱しそうなことはなるべく簡略化しようということが、満場一致で決まったのである。

「ああ、これ……」

ちら、と挿絵を見せると雪苑が、「うわあ、美人！」と素直な声をあげる。

「このお姫さま、どなたですか？」

目の前に題材（仮）がいるのに気づかないあたり、客観的に見ても相当かけ離れていることがわかる。

小玉は言葉を濁す。

「……ん〜」

「あたしよ」と言って夢を壊すことはせず、「坏胡《はいこ》に嫁いだ姫君がお考えになったお姫さまよ」と答える。嘘ではないし、挿絵をまじまじと眺める雪苑は「へえ〜！」と、それで納得してくれた。

言わないとわからないくらい美化されているということは、つまりここに書かれているのは自分ではないのではという考えが、ちらと頭をよぎる。

愛読者たちはそういうこと、あまり気にしないのか、それとも「そういうもの」として捉《とら》えているのか。

「それより雪苑、あんたのぶんも持ってきた？」

「はい！」

雪苑は嬉《うれ》しそうに頷きながら、盆を卓上に置いて茶杯を手に取った。そして小玉より先に茶に口をつけてから口を開いた。

「この後は娘子《じょうし》、どうなさいますか？　また墨を摩《す》りますか？」

「そうね、お願い」

人手が少ないので、雪苑は小玉の事務処理の手伝いもしている。綵曰《いわ》く、「文字が読めないので、最高の機密保持ができます」とのことだ。その言い方どうかなあ、と思いはした小玉だが、雪苑本人が「お任せください！」と喜んでいるので、水を差すのもよろしくない。

ありがたいことに雪苑は単純作業が性に合っているようで、特に墨を摩ることにかけては自信がついたようだった。

本来、墨を摩るというのにもこつを要するし、こだわりのある人間だったら、墨を摩る専門の人間を側に置いてもおかしくはない程度には重要な技術である。だがあいにく小玉はそこまで気にする人間ではない。だから失礼な表現ではあるが、雪苑くらいでちょうどよかった。

「……娘子、そろそろ大丈夫です」

「ありがとう」

言われて小玉も茶を口に含む。雪苑は毒味役も担っていた。彼女の子どもたちのことを思うとこれをさせるのは……とためらう気持ちはあるが、「ここで娘子に毒が盛られたら、雪苑も含めて私たち全員の首が飛ぶんです」と綵に言われた。

雪苑にさせるのが嫌だというのは、ただの個人的なひいきにすぎないのだ。それになにより雪苑自身が、この役割に対して彼女なりに覚悟を持って臨んでいた。

「こんないいお茶が飲めるなんて、旦那《だんな》と千姫《せんき》にも飲ませてあげたいです〜」

この言動からは、ちょっとそうは思えないが。

「あ〜……そうね」

ここで単純に「じゃあ、お茶分けてあげるわ」と言うのは、かえって失礼だし、他の者にも示しがつかない。なにより雪苑本人が謝絶するに決まっているというのは、元々下っ端だった小玉にはよくわかる機微だ。だからこう提案した。

「今日の余った粉持ってく？」

上流階級の茶は、固形にしたものを粉末状にして煮ることが多い。今回もそれだった。

一応皇后なんで、飲む日に擂《す》った茶以外が出されることはない。だからどうしても多少は粉末が余るのである。もちろんその粉で煎《い》れる茶は薄いものになるはずなので、常ならば破棄されるのだが、庶民的な感覚では充分上等なお茶が飲めるものだ。

「ありがとうございます！　やった！」

案の定雪苑は、大喜びした。こうやって見ると、子どもがいるとは思えない幼げな様子だ。

小玉は口元をほころばせた。ここ最近でもっとも心が和む時間だった。

「明日以降に残ったお茶は、他の子たちに分けてあげましょ。慣れない仕事してくれてるんだから、それくらいの役得があっても誰も文句言わないわ」

そうすると他の者にも示しがつく。

さて、そのためには彼女と彼女に話をつけなくては……などと責任者を頭に浮かべながら、女官たちもまったく反対はしないだろうなと小玉は確信していた。皇后からの命令であるというのはもちろん、女官たちが世話をしてくれる若い女性兵を可愛がっているからだ。

女性兵たちは家庭的に恵まれていない立場の者がほとんどで、自分たちの母親ないし祖母くらいの年齢で元々面倒見のいい女官たちと相性がよかった。もちろん女性兵全般がそういう性質や生い立ちではないのだが、中年女性と相性が悪そうな娘たちは、そもそも今回随行していない。

女官たちの中には、夫と相談して養女に迎えたい者がいると、小玉に話を持ちかけてくる場合もある。

全快してから本格的に進めることにして、今は保留している話であるが、悪い話ではないと小玉も思っている。とはいえこの場にいない女官たちの夫の意見も重要なので、女性兵たちにはまだなにも言わないことにしているが。

雪苑が「わあ」と喜びの声をあげる。

「みんな喜ぶと思います」

「なら嬉しい」

小玉は笑いながら茶を含んだ。

雪苑は不意に真顔になると、こんなことを口にした。

「鄭参事《さんじ》にも、ぜひ差しあげてほしいです」

「絑？　でも絑はお茶には困らないお家《うち》だから、自分はいらないから他の人に……って多分言うと思うわよ」

「そっか……そうですね」

雪苑は少し肩を落とした。その様子にただならぬものを感じて、小玉は問いかける。

「どうしたの？」

「いえ、鄭参事は今……とてもたいへんなので、なにかいいことがあればなあと思ったのです」

「……………」

小玉は選ぶ言葉に迷った。綵の「とてもたいへん」な事情を小玉は知っているが、下っ端である雪苑が言うそれと同じものなのかわからなかったからだ。

「娘子はご存じですよね。あの……温《おん》閣下、鄭参事の旦那さまの、その、女の方にお子さまが」

──あ、同じだった。

特に探るまでもなく、小玉が迷う要素が解消されてしまった。

一つ、二つ、意味もなく咳払《せきばら》いをして、小玉は口を開く。

「それは綵個人の事情よ。あなたが首……気にするべきではないわ」

「首を突っこむ資格はない」と言いそうになって、小玉は言い直した。さすがに厳しい言葉選びだと思ったのだ。けれども雪苑はさすがにこういった機微をわかっているのか、ちょっと申しわけなさそうな顔をする。

「そうですよね！　あたしもなんか、自分が失礼だなって思って。でも心配なんです。その……冬麗《とうれい》の」

「冬麗？」

思いもかけない名前を出され、小玉は眉《まゆ》をひそめた。小玉が名付け親になった大花《たいか》の母親で、子どもを産んですぐ亡くなった娘だ。雪苑とは千姫と共に三羽烏と呼ばれるくらいに仲のいい友人だった。

「縁起でもないですよね。でもどうしても、冬麗のこと思いだしちゃうんです」

「冬麗……」

話の筋がまったくつかめない。彼女のどこが綵と重なったんだろう。

「どうしてそう思うの？」

「あの……ほら、冬麗の旦那さんって、いいところのお家の人だったじゃないですか」

「そうだったの？」

「あ、ご存じなかったですか？」

雪苑が少し慌てる。小玉は内心で苦笑した。自分が知っていることは相手も知っているという前提で話すあたりに、昔の雪苑のそそっかしさを思いだす。

三羽烏たち自身に小玉は親しみを持っているが、親しく付きあっているというわけではない。彼女たちが結婚したときは小玉も慌ただしく、祝いの品を渡すにしても綵を介して彼女たちとのやりとりをしていたので、個人的に話すということもあまりなかった。

それが変わったのは、冬麗の遺児に大花と名をつけてからのことだ。

──でも、雪苑の勘違いも無理ないか。

雪苑の夫については小玉が知っていたため、彼女は他の千姫や冬麗の夫のことも小玉が把握していると思いこんでいたのだろう。実際のところ前者については、元々知っている人間だったというだけのことなのだが。

なお金母《きんぼ》に雪苑が囚《とら》われたときに小玉に従い、脱出の際には雪苑を背負っていた兵士が今の雪苑の夫である。縁とはまこと奇なるものである。

焦る雪苑に、ゆっくりでいいのよと声をかけると、雪苑は少し落ちついた。ややあって説明を始める。

「ええと……冬麗って、神策軍《しんさくぐん》がまだ龍武軍《りゅうぶぐん》になったばっかりのころに旦那さんと出会ったんです」

「ああ、そうだったわね」

「新しく知り合った人で、北の禁軍のほうから来た人で」

そこまでは知っている。けれどもここで口を挟むと話の腰を折ってしまうから、小玉は相づちを打つにとどめる。言われてみれば北衙《ほくが》禁軍に所属していた相手ということは、確かに一定の家柄の人間だな……と思い至った。

「冬麗と結婚したいって言ったとき、お家の人に反対されたんです」

「え……」

そこは聞いていない。

「それで、鄭参事が温閣下と一緒に仲裁に入って、旦那さんが家と縁を切って、軍を辞めることで話がついて」

それも聞いていない。小玉が知っているのは、冬麗が結婚を期に夫婦共々軍を辞めたというくらいの情報である。

自分に言ってくれればと思い、小玉はそれは傲慢《ごうまん》だと自身を叱咤《しった》する。冬麗は小玉の身内というわけではなく、部下として功績をあげていたわけでもない。そこで結婚という個人と一族のことに介入するには、小玉との関係性は薄すぎるし、なにより冬麗の夫の家に対して横紙破りがすぎる。

介入しても無理がない範囲の上官はせいぜい綵ぐらいであり、そして綵は最大限尽力したといえる。

「二人ともそれで幸せそうにしていて、鄭参事も嬉《うれ》しそうにしていて……あんなことになるなんて」

「ええ」

雪苑は苦しそうに言う。

「旦那さんが商売始めて……最期は」

小玉もそこから先はわかっていた。行商の途中で冬麗の夫は死に、冬麗も後を追うように死んだ。

「あたし、二人が死んでしまったのはその結婚のせいだと思ってるんです」

雪苑は茶杯を両手で握りしめるようにして、淡々とした声で語る。

「冬麗は旦那さんが死んで体力も気力も落ちてしまって……もし、あんなことがなければお産で死ななかったんじゃないかって思います。旦那さんが死んだのは、慣れない商売を始めたのがきっかけで、その商売を始めたのは二人の結婚がきっかけで……」

「それは、ね……」

小玉はあいまいに返す。雪苑の言うことにはある程度の筋が通っている。

「ずっと前は、身分違いの恋って、話を聞くだけでも楽しかったんです。でも今は……いい意味でも悪い意味でも、釣り合わないものを無理して釣り合わせるとどこかで……悪いことが起こるんだなって、思っています。『身のほど』っていうと嫌な言い方ですけれど」

雪苑は大きなため息をついた。

「多分、他人事《ひとごと》のままだったらそういう苦労も、お話として楽しいことだって思ったままだったんだと思います。でも冬麗は、あたしたちにとって他人じゃなかったから」

「うん、わかってるわ」

雪苑と千姫が、冬麗の忘れがたみである大花をどれほど慈しんでいることか。それは小玉もよく知っている。

「鄭参事も、ご実家よりもだいぶいいところにお嫁に行った人です。だからそこのところが冬麗とちょっと重なって、ずっと心配でした」

綵の結婚も、綵が武官としてそこそこ出世していて、なおかつ母である蘭英がまあまあ位の高い官吏だったために成立したものだ。本来ならば家格に関しては比べるまでもなく綵のほうが低い。それでも舅《しゅうと》、姑《しゅうとめ》とまあまあうまくやれていた綵は、相手の家にとっては出来た嫁なのだろう。

けれども、それでも解決しないことはあるし、彼女は今それに直面している。

「そっか……それは、気になっても仕方がないかもね」

小玉がつとめて優しく言うと、雪苑は大きく頷《うなず》いた。

「はい。いつもお世話になっている方なのでなおさら。冬麗の結婚のことでもすごく……ちょっとおかしいですよね。結婚のせいで不幸になったと思ってるのに、結婚に手を貸してくれた鄭参事に感謝してるって。でもそれとこれとは別なんです」

雪苑は苦笑いするが、小玉はおかしいとは思わない。

「わかるわかる」

雪苑は持ちあわせている語彙《ごい》が乏しいせいか、言語化できない範囲のことは説明できない。だが言語化できる範囲は、平易な言葉づかいであるためか小玉にとっては非常にわかりやすかったし、そのおかげでうまく言えない部分も、聞いていて類推がたやすい。

「そうですか？　ならよかった！」

雪苑はほっとした顔で笑ったが、また急に真面目な顔になった。

「今のあたしは……実をいうと、娘子《じょうし》にも悪いことがなければいいと思ってるんです。冬麗が死んでからずっと」

雪苑の理屈でいえば、実家より「いいところ」に嫁に行った最たる例は小玉である。それは確かに心配するのも無理はない。なにより「悪いこと」がもうとっくに起こっていると、雪苑もわかっているのだろう。

「……うん、ありがとう」

主観的にも客観的にも、どう考えても差し出がましい発言だ。それでも言わずにいられなかった彼女の気持ちがわかる小玉は、素直にその言葉を受けとった。

※

皇后が帰ってくるまでの時間を少しずつ減らしながら、麗丹の捜査活動は順調だったが
それでいて難航していた。それは矛盾しているようで、的確な表現だった。

麗丹の捜査が遅々として進まないことについて、そら見たことかとは思わないまでも、

「それはそうですよね」などと杏は思っている。

「やってくれる……！」

悔しがる麗丹を見て、杏は「あれ……？」と思った。

きりりと爪を噛《か》む痩《や》せぎすの老女は、自分側の味方のはずなのに、見た目がすごく悪者に見える。

しかしよくよく振りかえっても、やはり彼女は味方なのである。自らの裡《うち》にある偏見って、普段は自覚しなくてもこういうときにはっきりするものなのだなと、杏は自分の心を省みた。

もしかしたら麗丹を含む自分たち——つまり皇后派——が、事実「悪者」なのかもしれないが、杏にとっては些細《ささい》なことである。自らを正義と考える人間たちに酷《ひど》い目にあわさ

れそうになった経験上、正義というものについて、杏はけっこう辛辣《しんらつ》な考えを持っていて、結局のところ優先すべきは「自分がなにを信じたくて、なにを守りたいか」だと思っている。仮にその結果自分が「悪者」になったとしても。

そういう覚悟を持っている人間は意外に少なくて、実際のところ杏が間違っているだけなのかもしれない。だが、それこそ「自分がなにを信じたくて、なにを守りたいか」を優先している杏は、自分の考えに他人を介入させない代わりに、自分も他人の考えに介入するつもりもなかった。

そんなことをしたら、それこそ杏の人生をめちゃくちゃにしかけた連中と同じになってしまうから。

麗丹は多分、自分とまったく同じではないにせよ、似たような考えを持っている人間だなと思っている。その点で親近感がわく。梅花もそうだったと思うが、彼女に対しては親近感以前に恩義のほうが先に出た。

思えばこの人、体調崩したのに色々やってくれているのよね……と思うと、心の中で頭が下がっていく。実際に下げたら「姿勢が悪い！」と厳しいご指摘をいただきそうなので、今はやらない。

女官に必要な技術は山のようにあるが、その中の一つが「何時間でも直立不動を保てること」である。これが（これ以外でも）出来ない場合、仕えている主《あるじ》、もしくはたまたま近くにいた皇族、妃嬪《ひひん》、貴族等々の性格と機嫌次第で、物理的に首が飛ぶ。

仮にできたとしても、腰を痛めて疝気《せんき》という病気になりやすく、わかりやすく健康にかかわる。晩年の梅花もけっこう腰にきていて、太子の乳母と交代でさすってあげた覚えが杏にはあった。

この仕事、給与面での待遇はいいが労働条件は悪いし、けっこう頻繁に命にかかわる危険職である。事実皇后についていった先輩女官たちは、体調不良という点で命にかかわっているし……離宮で徐々に回復しているという報《しらせ》を受けて、杏は心からほっとした。彼女たちを心配していた夫の宦官《かんがん》たちは言うまでもない。伝言役としても、こういう嬉しい情報を伝えるのは気分がよかった。

妃嬪や外部の人間には、宦官と女官の夫婦の情なんぞ、などとよく笑われるものであるが、当事者に近いし、将来当事者になるかもしれない杏は鼻で笑ってしまう。

下品な言い方だし極論であるが、股間《こかん》をくっつけるだけが夫婦じゃない。特に、揶揄《やゆ》してくる妃嬪のほとんどについては、自分の「夫」の皇帝と股間をくっつけあったことすらないうえに、心もまったく通いあっていないあたり、女官と宦官の夫婦に劣るんじゃないかと思っている。

そのことを太子の乳母に伝えたら、腹を抱えて大笑いされたのでたいそう気持ちがよかった。

穏便で健気《けなげ》そうに見えて彼女、けっこうあけすけなのである。もちろんまったく穏便で健気じゃないということではないのだが、それだけじゃないということだ。彼女のほうが杏よりもずっといい家の出ではあるが、貧富でいえば間違いなく「貧」の階層に属しているし、他にも共通点がいくつかあるので、彼女は一緒にいると呼吸がしやすい相手だった。

杏は今、麗丹の手伝いに入っている。皇后の命によるものではない。皇太子・鴻が直々に杏に命じたのである。

皇后は彼に自らの置かれている事情を、体調不良であるということ以外伝えてはいない。また伝えるという発想自体ないようだが、おそらく皇后が思うよりも、そして皇后本人よりも皇太子ははるかに聡明《そうめい》で、なおかつ目覚しく成長していた。

たしかに現在、杏は皇后の命令に従ってはいる。しかし優先順位はきちんと定められていて、まず皇太子の安全、続いて皇太子の命令、そして皇后の命令である。これを決めたのは、他ならぬ皇后だ。

本当は「皇后の命令」の前に「皇帝の命令」が入るのだが、皇帝とはあまり接点がなく命令を受ける機会が少ないため、だいたい上記の三つの序列が杏の行動原理である。もちろん柔軟、かつ流動的に変化することが前提だ。幸い、まだそんな事態には陥ったことがないが、いつ起こってもおかしくはないこと。杏はそのときに落ちついて振る舞えるよう、脳裏で何度も練習を行っている。

今回、「皇太子の身を守れ」という皇后からの命令が元々あったものの、優先順位について迷うことはあまりなかった。

まず、直接皇太子の命令を受けたというのが大きい。さらに、皇太子の意向を受けた麗丹経由で熟練の女官が太子の宮に増員された。太子は自分の宮が手厚くなることが、もっとも皇后の助けになるとわかっている。

なにより偶然ではあるが、皇帝が皇太子の身の安全を図るためにと、自らの手駒を割いて警備を増やしたので、宮の統括は太子の乳母に任せれば、杏が動ける……というところまでになったのだ。

それにしてもこの時期に、太子の宮に皇帝が気を配るとは、やはり茹昭儀の懐妊騒動のせいなのだろう。これが太子を守るためか、あるいは太子が……というか太子派の人間が茹昭儀に危害を加えないよう牽制《けんせい》のためかはわからないが、結果的に警備があつくなったのでよしとする。

でもやっぱり皇太子を守ろうとしてる感じがあるのよね……と思う杏は、皇帝の人となりについて首を傾げる。

少なくとも、杏は彼をそういう感じの人ではないと思っていたのだが。そういう感じってどういう感じなんだと言われてもうまく言えないし、そもそも自分は口に出して言えないのだが……と伝えると、太子の乳母には「あなたはもっと、冗談というものを理解すべきね」とたしなめられた杏であった。

彼女とは本当に仲がよくなってしまい、古参の女官に「見ていて楽しい劉どのと徐どのという感じね」と言われたことがある。多分体型的なことも含めて言われているんだろうなと思う。梅花と麗丹と同様、杏と乳母も横幅と縦幅が対照的なものだから。

そして薄々察していたが、往年の彼女たちがいかに女官たちから畏《おそ》れられていたのか、実感できてしまった。

それはさておき、杏が麗丹のところに通う理由を大っぴらに言いふらすことはできないので、後宮に通うのは「皇太子付きの女官としての仕事を学ぶため」という名目である。しかしこれは別に嘘ではないし、実は以前からこの件について杏と太子の乳母は麗丹に師事していた。

意外なことに……といえば失礼だが、麗丹は先帝が皇太子だった折に、その宮で仕えていた経験がある。また人を指導する経験も長いため、師事するのに申しぶんない人間だ。

だから仮にこの「手伝い」の件がなくても、杏は教えを請うために皇太子の宮から「通学」したただろう。

本当のことの中に嘘を混ぜるよりも、本当のことの中に本音を混ぜるほうがずっと、思惑を周囲に悟らせにくい。そういうふうに事態を持っていくようにというのは、故・梅花の教えの一つであった。

亡き師の教えを、杏は讃嘆《さんたん》してやまない。本当のことの中に本音を混ぜると、ついでにやりたい用事も済ませられる場合があるので、二度おいしいということなのですね、と。

麗丹の調査は、亡き韓婕妤の死因の検討から始まった。

死体とはいえ貴婦人に対する配慮をしながらではあるが、もちろん検死はされているし、その報告書は保管されている。おまけに皇后の主治医はそれを閲覧できるときた。

たとえ不在であっても皇后は後宮の管理者だ。その皇后が「意見を聞きたいから、目を通しておくように」と言っていた、と主張すれば閲覧の許可は下りる。でっちあげなどではなく、実際に皇后の言はもらっている。

麗丹も梅花仕込みの杏も、「どうせ皇后はよしと言うだろう」だとか、「実際皇后は聞きたいだろう」だとかの当て推量で動くような真似はしない。探る自分のほうが他人に足をすくわれては元も子もないので、皇后に「こういう事情で、こういう命令の文を出してください」とお願いして、そのとおりにしてもらっている。

その際、内密だったり私的だったりするお願いではなく、きちんと上啓のかたちをとっているあたり、麗丹の抜かりなさを感じる。

麗丹は多分、自分が将来的に皇后と対立した際に、「命令をでっち上げた」という罪を着せられるのを警戒してそういう措置をとっているのだろうと杏は考えている……実際はどうなのだろう。

けれども思惑はどうあれ、そうすることで皇后が隙をつかれないようになるし、もしかしたら麗丹本人がそれも狙っていないとも言いきれないので、今は黙って彼女の手口を学習するにとどめている。

なお、そこまで根回ししたにもかかわらず、検死の資料はとんだ外れだったようだ。

「あれは役に立たんな」

首を横に振る主治医に、「そんなにひどかったのですか？　責任者は……ああ、彼」と、納得してしまった麗丹もひどい。なんでそんな人間が責任ある立場になったんですか？　縁故採用ですか？　と、杏も遠慮なくひどいことを尋ねたが、答えを聞いて「納得しなくちゃいけないな……」という気分になった。「納得せざるをえない」ではなく、「納得しなくちゃいけない」である。

なんでも腕は今ひとつだが、その自覚を持ち、なおかつ慎重さと誠実さと口の堅さを兼ね備えていることで定評のある医師だという。冤罪《えんざい》の発生を防ぐという観点でいえば、下手に腕のある医師よりも貴重な人材であった。梅花も腕以外は信頼していたというのだから、これはよくも悪くも筋金入りだな、と杏は認識した。

そんなのでよく宮城の医師をやっていられるなと思わないでもないが、これも聞いたら「納得しなくちゃいけないな……」と思ってしまう。

家柄はもちろんなのだが、誰かと一緒に仕事をするぶんには、非常に有能な人間なのだという。たとえ目下であったとしても、人に聞くことと頼ることに恐れを持たず、そして人を手伝うことをためらわない。それでいて一定の知識があるから、殺意のある医師と組ませると未然に防ぐことぐらいはできる……そんな素敵なおじいちゃま。ついでに十代のころに結婚した奥さまと、今も仲良し。

主治医は別の医師に頼んで、彼に治療の立ち会いを頼む人間も多いとか。

防波堤みたいな人だなと杏は思ったが、尖《とが》った性格で腕のいい医師よりは好感を持てるし、なんなら今話を聞いただけでも、杏はおじいちゃまのことをかなり好きになっている。衛氏以下数名と密通した医師もいれば、こういう人もいる。

今回起こったのは、後宮内での妃嬪の頓死《とんし》という繊細な扱いを要する事だ。担当する医師次第では、誰でも犯人に仕立て上げられかねないという、流行病よりも恐ろしい事態になってしまう以上、この医師が担当してくれたのはむしろありがたいと、会ったこともない医師に感謝の念を捧《ささ》げてしまう。

役に立たない報告書を仕上げた以外は。

だがその報告書も、間違ったことを書いているわけではないようだ。

「書いていることに間違いはないんだ！」

割と辛辣《しんらつ》な皇后の主治医が、かなり語気強めに主張するくらいにおじいちゃまは誠実に、真面目に仕上げているらしい。さてはこの主治医も、けっこうおじいちゃま先生のことが好きなようだ。

ただおじいちゃまは、繰りかえすが腕がいまひとつで、本人にも自覚があった。するとどういうものを仕上げるのかというと、足りない力量の中で自分が確実にわかる範囲のことしか書かないのだ。

また彼は、こういう事件の類《たぐい》は冤罪のおそれを防ぐために、他人の意見をむやみに求めないという立場である。とても慎重である。好き。その結果できあがる、正しいが色んな情報が足りない報告書は嫌いだけれど。

余談だが彼、杏に似ているといわれる故・謝賢妃の検死も担当しているが、「事故死」と納得できる程度の情報しか書かれていない報告書を仕上げた点で、お察しというものである。

これについてはそういうものができあがるよう、文林が担当を決める際に手を回したので、悪いことばかりではないのだが。

おじいちゃまの腕がよければなあ……と杏は思うし、たぶん色んなおんなじ事をこれからも思うのは間違いない。

でも多分、これで彼の腕がよければ完璧《かんぺき》すぎるし、彼の腕がよかったら性格が変わっていたかもしれないし、両方を兼ね備えていたとしたら政争に巻きこまれていたかもしれないし。で、世の中そんなにうまくいくもんじゃないということを、杏はよくわかっている。可能性は悪い意味でも無限大。

杏がほぼ口をきけないのと、多分同じことだ。話せたら嬉《うれ》しいが、話せたら違う人生を送っていただろうし、今より不幸になっていたかもしれない。

だからないものねだりはせず、喉《のど》以外健康な我が身の今の生活を喜ぶのと同様に、おじいちゃまが今日も元気で、真面目に仕事をしているであろうことを寿《ことほ》ごう。

※

初めて甥《おい》に会った日のことを思いだしている。また、姪《めい》に会った日のことも。二人ともふにゃふにゃした赤子だった。

梨妃《りひ》には二人の姉がいた。いずれも同腹ではあるが、父は異なる。

この寛《かん》という国に来てから、きっと姉妹仲は悪かったのだろうと決めつけられて、おやと思ったことがある。そんなことが理由として当たり前になる価値観は、梨妃には無縁のことだった。

もちろん康にだって、骨肉の争い話なんてものは、そこらで拾って売れるくらいにありふれたものだ。梨妃自身、叔父《おじ》が大嫌いだ。感情のうえの問題だけではなく、まだ康にいたころ立場上対立したこともある。姉妹の仲が悪いなんてことも、そこらで聞く話だ。それこそ梨妃の姉同士だって、長らく不仲だった。

けれどもそれは父が違うからという理由によるものではなく、将来の女王の地位を争っていたという利権がからむ理由によるものだ。どちらも生い立ちを根幹とする問題ではあるが、同一視できるものではないと梨妃は思う。父母を同じくしても、利権を巡って争う兄弟姉妹はいくらでもいるからだ。

康において父が、母が違うからという理由で不仲になる場合は、感情によるものではなく、必ずその事情のあとに「そのせいで相続権上不利になる」など、血を踏まえた事情がもう一段階ほどある場合ばかりだ。それくらいに康では、片親しか共通しない兄弟姉妹が、珍しいことではなかったわけだ。

現に梨妃の二人の異父姉たちは、利権がらみの争いが終わったあとに生まれた末妹を、ことのほかかわいがっていた。

まるで娘のように、とすらいえるくらい。

実際、上の姉である先代の女王は、早ければ子がいる年齢であったし、すでに結婚もしていた。だから梨妃には年上の甥か姪がいてもおかしくはなかったが、このときはまだ姉たちに子はいなかった。

ちなみにこのとき上の姉の夫だったのは、梨妃が大嫌いである叔父だった。子が授からないことで姉を悩ませた罪は重いと思うが、同時に次の女王の父親になれなくてざまあみろとも思っている。

何度主張しても飽きないことなのだが、梨妃はあの叔父が大嫌いなのだ。

寛の価値観を康のそれと比較して「合わない」と思う部分を見つけながらも、だからといって梨妃は康という国も好きになりきれなかった。

王女として生まれ育った国に、恩を感じていなかったわけではない。姉たちを愛していなかったわけでもない。

けれどもときおりどうしようもないくらい、康という国の、人の気風は梨妃にとって居心地が悪かった。

「必要」と感じたら誰とでも交わるということ、その「必要」の基準が忠義だったり身内の仲を深めることだったりということ。それが当たり前の行為として、周囲の誰もが認識していること。

ふだんは仲良く笑いあっている相手が、時に人の皮をかぶった禽獣《きんじゅう》のように思える。またはそれまで居心地のよかった場の雰囲気が、急に全裸で蟻の群れの中に放り出されたように変わってしまった気がする。

そういう日々を、梨妃はずっと過ごしていた。自分自身、それが当然であるように育てられたはずだというのに。

そんな自分を特別な存在だと優越感を抱かない程度には、梨妃は賢かった。なぜならその「特別」は、康で生きづらくなるだけだったし、梨妃がそういう感覚を持っていたからといって、国益に結びつくわけでもなかったからだ。

だからむしろ梨妃が抱いていたのは、劣等感だった。なぜわたしはこの国の人の「普通」になれなかったのか、と。

姉と離婚した後の叔父に、肉体関係を持たされそうになったことがある。まだ十になるかならぬかというころのことだ。姉たちも「そのほうが親族間の結びつきが強くなる」と、まだ幼い梨妃に積極的に勧めた。

女王であった母を失った末妹、後ろ盾を持たぬ彼女の後ろ盾を作ってやろうとする、それはむしろ姉たちの優しさだったのだろう。事実姉たちは、徹頭徹尾慈しむような顔をしていた。その顔に害意があれば、よかったのに。

梨妃には耐えがたいくらい、おぞましいことだった。

おぞましいと思う自分に、絶望した。

その事態をどうやって回避したのかは覚えていない。だが半狂乱になって拒否した梨妃を、姉たちが慮《おもんぱか》って手を回してくれたのだろう。事実、それ以来叔父との一件のようなことは持ちかけられることさえなかった。

もちろんそれは、姉たちの愛情だけが理由ではなかったことを、梨妃は理解している。この一件で、家臣たちの間で梨妃に対する評価は地に落ち、誼《よしみ》を結ぶ価値がないと判断されたのだ。

彼らにとって梨妃は、喉がかわいても水を飲まないような異質な人間に見えたのだろう。だが梨妃にとって彼らは、喉がかわいていないのに無理やり水を飲ませるような人間だった。水責めはれっきとした拷問である。

姉たちにしても、梨妃が自分たちの役に立たないのであれば、むしろ徹底的に無害な存在に落としこむほうが、自分たちの益になると考えた面もあるはずだった。

責めも恨みもしない。そのおかげで梨妃はある程度育ったあとでも、甥と姪と引き離されることなく育つことができた。またなにより、梨妃は自分の体を自分だけのものにできた。渡したいと思う相手ができるまで。

自分は、身も心もただ一人に捧げたい人間だ。そしてその「ただ一人」に出会えた、幸運な人間だ。

その自負と誇りが、今日も梨妃の背筋を伸ばしている。

「君の無事な帰りを待っているよ」

その「ただ一人」に優しく頬を撫《な》でられ、梨妃は微笑みを相手に——夫に向ける。

「必ずや吉報をお持ちしますわ」

たとえ、甥と姪の子の命を奪うことになろうとも、なしとげてみせる。

これから梨妃は生国に帰る。何年ぶりだろうか……まさか故国の地をもう一度踏むことになるとは思ってもいなかった。

これに伴い、夫である寛の皇帝は多くの兵を梨妃に随行させた。それを従えて康へと向から梨妃に、廷臣たちからは「宸の皇后の真似事か」という声が上がっている。

梨妃にそのつもりはなかったが、それを聞いて宸の皇后の振る舞いについて分析するのも悪くないとは思った。梨妃の立后の暁には、なにか役に立つかもしれない。相手の身分の卑しさを理由に、学ぶべきことを学ばないのは愚かしいことだ。

梨妃にとってもっとも身近だった「皇后」は、この国でもっとも貴い家の一つから輩出された姫であるが、梨妃になにかを学ばせることなく後宮どころか生という名の舞台から去っていった。

少なくともそれに比べれば、一介の兵卒から皇后にまでのぼりつめた宸の関皇后《かんこうごう》の生きざまは、教えを請うにふさわしいと梨妃は思っている。

とはいえ、今の彼女についてはどうだか、とも思っている。宸の皇帝が新たに迎えた妃《ひ》嬪《ひん》が身ごもり、それに伴い皇后は離宮に滞在しているのだという。これは寛の宮廷でも場を温める話題となっている。

ついにあの皇后が皇帝の寵愛《ちょうあい》を失ったのだろう、いや元々寵愛などなく、武官としての役割をまっとうしおえて「引退」したのでは、などなど……想像にはことかかない事態になっている。

梨妃も実際のところはどうなのかはわからない。けれどもまた寛との間で戦いは起こるであろうし、その際の関皇后の動向からまた見えてくるものがあるだろう。

「それでは行ってまいります」

挨拶《あいさつ》を終え、輿《こし》に乗りこむ梨妃を、皇帝である夫自ら手伝ってくれる。手が離れる瞬間、彼が梨妃の手をきゅっと握ったことが、彼女の心をほんのりとあたためた。

梨妃が窓から顔を出すと、夫が微笑みを向ける。梨妃も微笑み、夫の姿が見えなくなるまで窓から外を眺めつづけた。

やがて窓から見えるものが景色だけになると、梨妃は顔を引っ込めて、背もたれに体を預けると大きく息を吐く。

「ふう……」

「梨妃さま、お茶でもいかがですか?」

「もらうわ」

差しだされた茶碗《ちゃわん》には、茶があまり入っていないが、それは節約上の問題ではなくこぼれないようにするためだ。

担ぎ手たちはよくよく訓練されているが、それでも揺れはかなりひどい。まあそれでも、馬に乗るよりはましだわという自分と、馬に乗ったほうが手っとりばやかったなと思う自分がいる。

それこそ「関皇后の真似事」であるならば、自ら馬に乗り軍勢を率いるべきなのだろう。上の連中はともかく、民たちはそれを見て大いに喜んだに違いない。ただでさえ民間で人気の高い梨妃の評価を、さらに高めることができただろう。

梨妃の頭にもその程度の打算は巡った。しかしその案を退けたのは、ひとえに自らの体を大事にするためだ。

妊娠、出産というのは女の体に大きな負担をかける。その負担は、産んでしまえばはい終わりというわけではなく、過ごし方を間違えれば、あるいは運が悪ければ一生引きずるものとなる。

実際梨妃も、最初の子を産んでから数か月が経っているが、慢性的な腰痛に悩まされているし、出産以降目のかすみを時折覚えている。しっかり休養してこうなのだから、ここで馬に乗って体に負担をかけたらどうなることやら。

宸の皇帝が、関皇后に子を産ませないのは、やはり武官の旗印の扱いに徹していたからなのだろうというのが、梨妃と夫の共通の見解である。

子を産ませたうえに戦に送りだしたら、場合によっては指揮官の不調が指揮に影響を及ぼしかねない。異色ではあるが確かに一貫していて、まあまあ賢いやり方だ。これで関皇后が子を産むようなことがあれば、宸の皇帝がなにをしたいのか、ほんとうに分からなくなるところだった。

もっとも、そもそもあちらの皇帝は、治世的になにをしたいのかわからないようなのと、短命すぎてなにをしたいのかわからないのばかりが即位しているので、当代もそんなのであってもおかしくはないが。

とはいえ宸の皇帝は、庶出のうえに傍系の出だという。こんな荒業でもしなければ、人材を確保できなかったのだろうと思うと、人ごととして「まあお気の毒」と思うし、荒業に打って出た気概は確かに凡人のものではない。
蛮勇であるのかもしれないが。

——わたくしの夫は違う、わたくしも、違う。

夫は皇帝として、いらぬ冒険をせずに実直に業績をあげた。そして長らく実権を握っていた皇太后から、それを奪いかえした。梨妃自身も未来の皇后として、夫の仕事を支え、自分自身の仕事——健康な子を授ける——を達成した。
そしてなにより、自分はこれから一つの国を夫に捧《ささ》げようとしている。
こんなこと、歴代のどんな皇后にも達成できなかったことだ。

ところで梨妃の帰国に先立ち、一つの報《しらせ》が彼女たちのもとに舞いこんできていた。すなわち、梨妃の叔父《おじ》が幼女王を退位させ、自らが即位したという。幼女王の現在の生死は不明である。

——女しか継承できない地位に、初めて男が就いた！

それを受けて、梨妃は夫と抱きあって快哉《かいさい》を叫んだ。このときばかりは梨妃も、叔父に心からの感謝を捧げた。これは掛け値なしの感情だ。

梨妃と夫が取りのぞきたいと思った障害が、二つも取りのぞかれたのである。叔父の手によって。

彼が前女王の夫を殺害した理由もこれで納得できた。自分が即位したかったからなのだろう……なぜ今さらという点では多少の疑問が残るが、それでも以前よりははるかにすっきりした。

叔父の即位に伴い、現在の康国内の感情がどうなっているのかは想像に難くない。確かに幼女王に不満を持つ臣下たちはいたが、だからといってこの展開を歓迎する者はいないはずだ。

叔父は確かに「過去の女王の息子」という立場である。かつては「女王の夫」であり、「女王の摂政」でもあった。特別な枠組みに属していたが、特例というわけでもない。彼が一臣下として、長らく働いていたことに変わりはない。
だから彼を王に戴《いただ》くことについて、他の臣下たちが面白いと思うわけもない。あえて前例を破ってまで彼を王にしたいと周囲に思わせるほどの度量も、民衆からの人望も持つような人間でもなかった。

けれども……これで前例ができたのは確かなことだ。

男が、康の王になるという前例が。そしてこれこそが、梨妃が求めていて、同時に考えあぐねていたことだった。

さて、ここに一人の女がいる。梨妃だ。

数代前の女王の子ではあるが、れっきとした嫡流の王女である。国を出奔したかたちにはなっているが、継承権は放棄していない……というか康は、継承権云々《うんぬん》について明文化しているほど法体系が整った国ではない。

だから梨妃が即位すること自体には、法的に障りはないのだ。問題は周囲の感情であるが、今や彼らの反発心はすべて康の新王に向けられている。

梨妃が現在寛の皇帝の妃嬪であること、国から出奔したことなどは、叔父のことに比べればなんの問題にもならない。むしろ寛の皇帝の妃嬪であり、立后が秒読みであることも手土産に、梨妃は間諜《かんちょう》を介して廷臣たちに接近した。

すなわち、自らが康の女王として即位したあかつきには、寛との強固な同盟を結ぶことができる……と。将来的には寛の帝位に、康の血が就くことになると。それは実に甘美な誘惑になったであろう。

寛の廷臣たちにとっても同じことがいえるからだ。

梨妃の夫は廷臣たちにこう告げた。梨妃を康の王位に就けて同盟を結び、その功績によって立后すると。それによって将来的には、康という国を併呑《へいどん》すると。

梨妃自身の思惑は、もちろん夫に寄りそっている。夫の代では無理だろうし、自分たちの子どもの代でも難しいだろうが、将来的には寛と康の両方を自分たちの子孫に継がせ、大帝国の主《あるじ》にするのだ。

だがそのためには、康のほうの継承の決まりをどうにかしなくてはならなかった。康は女王を戴く国だ。だから梨妃の子が即位するにしても、娘しか継承権を得られない。そうなると梨妃の子どもの代の時点で、二つの国の頂点が分かれてしまうことになる。

望むのは、一人の人間が同時に、二つの国の頂点に立つことだ。梨妃はあくまで夫よりの立場だから、寛のほうを変えようとは思わなかった。そもそも康よりも法整備が整っている寛のほうに手をいれるのはあまりにも無謀だ。

けれども康ならば。

叔父という「男王」を戴いた前例は、一年、二年先程度ならば人々の記憶に新しすぎるため役にたたない。けれども二十年、三十年後ならばただの記録だ。かつてはこういったこともあったのだからという理由で、男子が即位する根拠にすることができる。

――ありがとう。

もう何度目かわからない礼を、梨妃は心の中で告げる。これは必ず本人にも伝えなくてはならない。

息の根を止める直前に。

※

「一別以来ごぶさたを重ねておりましたが…… いかがお過ごしでしたか、叔父さま？ ご壮健でしたようですね」

王座の前に立つ梨妃は後宮で培った丁寧な言い回しで挨拶すると、艶然《えんぜん》と微笑んだ。夫が美しいと褒めてくれた笑みだ。

けれどもそれを見る叔父の顔は、汚物を見るかのようだった。わたくしたち、表情は違っても気持ちは同じですのね、と梨妃は心の中で呟《つぶや》く。

「夷狄《いてき》におもねった阿婆擦《あばず》れが……」

梨妃はそれを聞き、はっと鼻で笑う。

「正当な女王から位を奪った僭主《せんしゅ》めが」

即座に返してやれば、叔父はぺっと床に唾《つば》を吐く。

「滅相なことを申すな！」

「滅相？　滅相ですって？　滅相なことをした男が、よくもそんなことを言えるものだわ。なぜ私がここに立っているのか、わからないのかしら！」

貴婦人然とした言い方を捨て、梨妃は嘲笑《ちょうしょう》する。

国境を越え、王城に入るまでの間、妨害はいっさい発生しなかった。康の上層部は、皆梨妃に帰順したのだ。

今や叔父の味方は、この場で彼を守る武官や従卒くらいだろう。

「捕縛せよ！」

梨妃の命に従い、寛から伴った兵たちが叔父に飛びかかる。抵抗する武官たちを殺し、叔父を這《は》いつくばらせた。

「前女王と、その父を殺し、王座を穢《けが》した罪でお前を処刑する。けれどもそれは私が即位してからのことだ。牢《ろう》で罪を悔いながら待て」

梨妃が言いはなつと、叔父は高らかに笑いはじめた。ついに狂ったかと冷ややかに見下ろす梨妃だったが、ひとしきり笑った叔父が目を血走らせ、にたりと笑う。

「罪が一つ多いなあ」

それを聞き、梨妃は眉根《まゆね》を寄せた。一つ多い？

「……牢に！」

だが今は他にやることがある。梨妃の指示で、寛兵たちは叔父を引っ立てて地下へと連れていった。

それを見送ることもせず、風通しがよくなった王座に向かい、梨妃は一歩、二歩と歩み寄る。そしてたどりつくと、指先でそっと撫《な》でた。

この場所に自分が座ることになる日が来るとは、思いもよらなかった。

かつてこの国にいたころ、王座への執着はなかったはずだが、いざこのように即位が現実のものとして見えると、えもいわれぬ高揚感に襲われる。

「梨妃さま、康の者たちがお目どおりをと……」

「いいわ、連れてきなさい」

背後からかけられた声に、梨妃は振りかえって傲然《ごうぜん》とした笑みを浮かべた。かつての長姉のように。


梨妃が叔父の言葉を振りかえることができたのは、その日の夜のことだった。

長旅に疲れた体を沐浴《もくよく》でなだめながら、今日一日のことを振りかえったときに、ふと思いあたったのだ。

前女王を殺したこと、その父親を殺したこと、王座を穢したこと……この中で叔父が「やっていない可能性」があるものは一つしかない。


——前女王が、幼女王が生きている。


勢いよく桶《おけ》から立ちあがる梨妃に、背中を流していた側仕えが驚きのあまりのけぞる。

けれどもそれに頓着《とんちゃく》せず、梨妃は矢継ぎ早に命令を下した。

※

「……おやおや、湯浴みの後だというのに、このようにむさ苦しいところに来られては、風邪を召しますぞ『女王』よ」

あからさまに揶揄《やゆ》する口ぶりの叔父《おじ》にかまわず、梨妃は詰問する。

「前女王をなぜ生かした」

「おや？　前女王を殺すことは罪なのでは？　その罪に手を染めなかったことを、なぜそのように責める口ぶりで言われねばならぬのですか？」

さすがに腹が立ったのを、梨妃は片手をぐっと握って抑える。

「お前はなにをしたかったの？　国父を殺したり、女王を退位させたり、それでいて女王を殺さなかったり」

女王を殺していたのならば納得のいくことが、今やまったく納得のいかないことばかりだ。

「私はただ、あの方を今度こそ、ああ今度こそ、母になるまで健やかに育てたかっただけのことよ……」

「あの方？」

梨妃の問いは、もう叔父の耳には届いていないようだった。

「あの方がもう一度お生まれになったというのに！　黒い髪、黒い瞳《ひとみ》、あの方が私のところに！」

「なにを言っているの？」

「ああ、おかわいそうな女王よ……！　母になる前に殺されなければならぬとは！　私に力がないために！　ああしかし、私がお供します！」

「なにを言っているの！」

理解できないものを前にして、梨妃は叫んだ。質問のかたちをとってはいたものの、それは黙らせるための言葉だった。

「お前が母でなければ！　母でなければ殺したのに！」

「猿ぐつわを噛《か》ませて転がしておきなさい、今すぐ！」

「はっ！」

支離滅裂なことを言いだした叔父に見切りをつけ、梨妃は見張りに命じた。

前女王が見つかったのは、それから数日後のことだった。

内密に連行される……というよりも、抱っこされて連れられた前女王はまだどうしようもなく赤子だった。首は据わっているものの、腰はまだしっかりしていない。血色はよく、頰はふくふくとしていて、大事に育てられていたことがうかがえた。

髪は黒く、眠っているせいで見えない目も、きっと黒いのだろうと梨妃は思った。そういえば甥《おい》の父方の家系に、宸出身の人間がいたなと梨妃は思いだしていた。事実、甥は黒に近い髪をしていた。その血がより強くこの子に出たのであろう。

康の者は寛と祖を同じくするとはいえ、それだけが祖というわけではない。康は一時期西方の者が多く流入したこともあって、色素の薄い人間が多い。梨妃は茶色い髪、茶色い眼であるし、姪《めい》は梨妃よりも赤みを帯びた髪色をしていた。今や白髪になってしまっているが、叔父の髪は亜麻色だった。

そういえば叔父は、宸という国とそこにかかわる人にやけにこだわっていたなと梨妃は思いだしたが、彼の性癖について追及するつもりはなかった。

あの男は殺す。それで仕舞いだ。

少し前までは、死ぬ前に「ありがとう」と言うつもりだった。けれども今は恨み言を言いたい。

「お前が余計なことを言わなければ」

または、

「お前が余計なことをしなければ」

梨妃自身が、甥と姪の遺児を手に掛けることにはならなかったのだ。

かつては覚悟していたことである。けれども、自分がやらなくていいと思った瞬間にその覚悟は放棄したし、その覚悟を取りもどすにはあまりにも時間が短かった。

梨妃は手を伸ばして赤子を受けとり、叔父のもとへと向かった。本人であることを確認したあと、踵《きびす》を返して階段をのぼる。

叔父の諧調の狂った声がよほど不快だったのか、眠りの浅くなった赤子が軽く身をよじってぐずり声をあげる。

その声が息子に似ていると、思ってしまった。

赤子の泣き声を聞いて、自然に乳が張る。それを感じて、梨妃ははっと息を呑《の》む。胸裏に後悔が満ちていた。

この子と会わなければよかった。

この子を抱きあげなければよかった。

この子を……！

赤子は甥に似ていた。姪に似ていた。

彼らの母――梨妃の姉たちに似ていた。

こんなときに限って、生前の四人のいいことばかりを思いだしてしまう。

階段を上りながら、梨妃は考えていた。このままこの子を逃がして、幼女王は死んだと公表してはどうか、と。あるいはこの子を人質として寛へ連れ帰り、将来息子の妻にしてはどうか、と。

けれども前者を実行するには、赤子は寛人の眼に触れすぎていた。自分が裏切ったと夫に思われるのは耐えられない。息子の身の安全にもかかわる。息子とこの赤子……比べるまでもなく、息子のほうが大事だ。

また後者は確かに康とのつながりを強化するが、一方で寛内部の反発を招く。次世代の皇帝夫妻に流れる康の血が、あまりにも濃すぎるから。

息子の嫁は寛の権門の家から選ぼうと、梨妃は夫ともう決めている。なにより、息子の嫁をこの赤子にするならば、康を併呑《へいどん》する計画はあと一世代は先に延びてしまう。

この赤子が女王であったころから、夫と何度も話しあって結論を出したことだ。

梨妃は唇を嚙みながら階段をのぼる、のぼる……これが永遠に続けばいいと思ったのは、初めてのことだった。

けれどもやがて、進むべき余地はどこにもなくなり、梨妃は赤子を抱えた手を高々と掲げ……。

そして、その手を。

康での即位を終え、叔父を処刑し、事後処理をひととおり済ませた梨妃は、行きと同様に輿《こし》に揺られながら帰国の途についていた。背もたれに身を預けながらずっと眼をつぶる梨妃は、こんなことを考えていた。

——次は、女の子を産まなくては。

立后の詔勅が、寛で梨妃を待っていた。

※

もうすぐ皇后が宮城へ帰ってくる。

「おじいちゃま」が役に立たないのはわかっていた。それは能力的にはもちろん、距離的な問題でもそうだ。

現在かの医師は皇后に付き添って離宮にいる。彼を呼び寄せて話を聞く、もしくは文で質問をするということを麗丹は選ばなかった。それはそこまでして得られるであろう情報と、茹昭儀がこちらの動きを察知してとるであろう警戒とを天秤《てんびん》にかけたからだ。

　したがって麗丹が目をつけたのは、太子の乳母だった。彼女は皇后の指示で動いた際に、韓婕妤の死体を直接見ていた。

「あなたを呼んだ理由はわかっているわね」

　麗丹の声がちょっと優しいのは、彼女を懐柔しようとしているからではなく、単純に「ちょっと優しい」気持ちになれる相手だからだ。仕事に熱心で、ついでに梅花の姪（血はつながらないが）である乳母は、麗丹にとって好ましい部分が多い人間だった。

「もちろんです」

　頷《うなず》く彼女は、麗丹ではなく同席している医師を見ている。彼が判断を下す人間だということをわかっているからだろう。聡《さと》い人間はやはり好きだ。

「彼女の顔は腫《は》れていたか？」

「はい」

「特にどこが」

「唇が……」

「上、下？」

「申しわけございません、覚えておりません」

「体に発疹《はっしん》ができていたらしいが、色は黄色で間違いないか？」

「服を脱がせてはおりませんので、わかりません。ただ顔色は黄色みを帯びていました」

「服は乱れていた？」

「はい」

「どのように」

「胸のあたりが……特に乱れていました。そういえば喉《のど》にひっかき傷が……」

「吐血していたそうだが、量はどれくらいだった？」

「どれくらい……」

ここで乳母が言葉に詰まった。この直前の質問のように、思いだしながら言うという風情ではない。明らかになにか気になることがあった反応だった。

「なにか気づいたのならば、なんでもいいから言いなさい。今の質問の答えと関係がなさそうでもいい。まとまっていなくてもいい。思うがままに」

「はい」

乳母はこくりと頷くと、迷うような目を虚空に漂わせながら語りはじめた。

「ぱっと見たところ、ずいぶん吐血しているような気がしたのです。けれどもよく見るとそれほどではなくて、少しほっとした覚えがあります。蘇生《そせい》できるかもしれないと希望を抱きました」

　実際はそのまま死んだのであるが。

「今思うと、どうして多く血を吐いたように見えたのか不思議に思いまして……」

　麗丹は「それは紅では？」と口を挟みたくなったが、ここでなにか言うと彼女の回想の邪魔をすることは明白だったのでぐっとこらえる。

「紅、だったのでしょうか。でも血と間違うほどということは……よほど多くつけていたような気がします。つけすぎなくらい……」

「ふむ」

　主治医が、白と灰色が入り交じった顎髭《あごひげ》を片手でしごく。

「側付きの女官から話を聞いたそうだな。なんと申していた？」

　ややあって、再び質問に戻った。今度の乳母ははきはきと答える。

「急に喉が渇いたと訴えていたとか、けれどもいざ水を持ってきたら、腹が痛んで飲めないという矛盾したことを言っていたそうです」

「そうか……」

ひととおり話を聞き終えると、皇后の主治医は頭を抱えるようにして考えはじめた。太子の乳母は不安げではあったが、少なくともそれをあからさまに表に出しておどおどすることはなかった。

検死の報告は麗丹もひととおり目を通していたからわかったことであるが、今主治医が聞いていたことは、半分くらいは「おじいちゃま」の書いていることの確認のようなものだった。

幸い乳母の答えに矛盾はなく、さすがにおじいちゃまでも見てわかることは間違っていないようで、麗丹はほっとする。これは彼に対する好意によるものというより、そこまで出来なくなっていたならさすがにこれ以上は任せられない、あんな仕事やこんな仕事を思ってのことだった。

しばらくしてから、皇后の主治医が口を開く。

「丹砂、だろう。やはり」

「確定でございますか」

「うむ……」

歯切れの悪さを追及すると、主治医は「どうやって持ち込んだのかわからん」と呻《うめ》いた。

「茹昭儀であるならば、彼女が仕込めそうなものはすべて検査を通してある」

「仕込めそうなものとは？　と申しますか、そもそも今の問答のなにが決め手で、丹砂と判断なさったのですか？」

「紅だ」

「紅？」

「彼女は紅の塗りすぎだと言ったろう。丹砂は赤い」

「ずいぶんわかりやすいですわね！」

麗丹はさすがに声をあげた。確かに化粧品を使ったのではという仮説を立てたが、ここまで簡単に丹砂と結びつくとは。確かに名前からして赤いけれども。

けれどもおじいちゃまが、紅のことを書類に書かなかったのは納得できる。というか他の医師でもそんなことを書きはしないだろう。

吐血していた被害者は口紅を付けすぎていたなんてこと、男の医師は気に留めないだろうし、そもそも気づきもしない可能性が高い。気づいたとしても書くかどうか……要はこの件、おじいちゃまだけの問題ではない。

けれども、これで暗闇にほんのりと光明が差したのは間違いない。

「持ち込んだ紅に、毒物を仕込んでいたことが確定したということでは？」

凝った事態よりは、わかりやすい事態のほうがずっといい。けれども主治医の表情は浮かなかった。

「いやそれがな……昭儀の紅を調べたのは、私なんだ……」

ものすごく言いづらそうなことを、言いたくないなあという顔で、それでも素直に申告する皇后の主治医に、麗丹と乳母は顔を見あわせた。

同じ感情を相手の顔に見いだした。

事態が振りだしに戻ったということを、認めたくないなあという感情。

ややあって、麗丹は口を開く。

「もっとも手っ取り早いのは……」

重々しい声で。

「あなたが共犯だったということにすると、すべてが片付きますね」

いきなり疑いをかけられたにもかかわらず、医師は特に慌てる様子もなく、呆《あき》れた目で麗丹を見やる。むしろ乳母のほうがよほど驚いている。

「結論ありきで物を語るのはやめなさい。つじつま合わせを優先する発想は、冤罪《えんざい》の温床だぞ。それから乳母殿、『まさかあなたが……！』みたいな顔はやめてくれ。君は徐殿をかなり高くかっているようだが、彼女はけっこう適当なことを言うぞ」

後半かなり失礼なことを言われているが、事実なので麗丹はそのことについて指摘しない。麗丹は内輪ではちょっとはっちゃける自覚がある人間である。問題は、はっちゃけられた相手が、麗丹に内輪認定されていることをわかっていないことであるが。

「……そうですね」

できることなら舌打ちしたい気持ちを押し殺し、麗丹は頷く。主に、医師の言葉の前半について。

主治医の言うとおりだ（あくまで前半）。しかもそういう冤罪は、故意に作る冤罪よりも、人を幸せにしないという馬鹿馬鹿しいやつだ。故意に作り出した冤罪は、少なくとも謀った当人だけは幸せにするのだから……その幸せは馬鹿馬鹿しくないのか、と言われたら首を横に振らざるを得ないが。

「ああ、世界中の人間が幸せになる冤罪というものはないのでしょうかね！」

と嘆きたくなったが、口には出さない麗丹である。それこそ馬鹿馬鹿しいにもほどがある発想だし、内輪でも言うべきではないことだったからだ。

※

もうすぐ「皇后」が、この国に帰ってくる。

梨妃が立后するという報《しらせ》を受け、かってこの国――寛の皇后だった女は一つ諦《あきら》めた。

それは、女にとっては一種の解放になった。

村の主《おも》だった者たちを集め、女は彼らに向かって告げる。おだやかな笑みを浮かべているのは、無理をしているからでも、貴婦人としての在りように倣ったからでもない。どこか清々《すがすが》しい気持ちがあったからだった。

「その方らには長らく辛《つら》い仕事をさせた。だが、それも今日までのことだ。これからはお前たちのために、お前たちの家族のために生きるがよい」

けれども言われた村人たちは、清々しさとは真逆の態度で、色をなして口々に叫んだ。

「皇后陛下」

「陛下」

「そう呼ぶのはおやめ」

女が片手を挙げて制すると、彼らはぴたりと口をつぐむ。それは「皇后」に対する態度としては、当たり前のことだろう。

ただ、言われる相手はもう「皇后」ではない。

「この国は新しい皇后を戴《いただ》くのだから……」

しかもその新皇后は、一国を手土産にこの国の女の頂点に立つのだ。

これまでの女はまだ、自らが皇后であるほうが正統性という面で、この国の利になると思っていた。だからこの村の保護に甘んじていたのだ。消極的であり、葛藤《かっとう》を持ちつつではあるが。

だがもはや状況は変わった。

新皇后が皇后でありつづけるほうが、国土という面で大いに利になる。それは女の正統性と天秤《てんびん》にかけても、揺らぐどころではなくはっきりと傾くくらい差があった。たとえ将来、異民族の血を引く皇帝が帝位に就くことがこれで確定したとしても、やはり天秤は揺らぎはしない。

それにもし今後、康を我が国に取りこんだとしたならば、康の民も我が国——寛の民ということとなる。ならば新皇后の子が即位したとしても、「異民族の皇帝」とは言えなくなる。これは詭弁《きべん》だろうか。だが、両国間の融和をはかるためには、皇帝と新皇后の長子が立太子することが理にかなっているのは明白だった。

皇帝のために、国のためにと育てられた女は、その育ちに忠実に先を見据えて、うっとりする……なんて素晴らしい未来なのだろう！

だがその未来の中に、女が入る余地はない。

むしろ、入ってはならない。

「お言葉ではございますが、皇后陛下が皇后であることには変わりありませぬ」

抗弁の声にそうね、と内心で頷《うなず》きはする。皇后の位は廃されないかぎり、死んでも保持される。事実女は皇后として、仰々しい諡号《しごう》も与えられて葬られている。将来皇帝が死ねば、隣の陵墓に葬られることになる。

空の棺《ひつぎ》が、であるが。

とはいえこれはそう続くまい。あの独占欲の強い新皇后は、死後ですら他の女と夫を共有するのも嫌だろうから、折を見て適当な理由をつけて女の皇后位を廃するであろう。九嬪《きゅうひん》……いや女の生家が抗議するだろうから、四夫人くらいにまで落とすだろうなと女は見ている。

痛くもかゆくもないことだ。

女は苦笑して、大きく膨らんだ腹を撫《な》でる。

「そなたたちは知っておろう。この腹の子は誰の種かわからぬ。そのような子を身籠《みごも》る女は、皇后としてふさわしいと言えようか」

その言葉に村の者たちは静まりかえる。どうやら宮城には、身を穢《けが》される前に自害したと伝わっているようであるが、実際のところ襲撃を受けた際に、女は複数の男たちに暴行されている。腹の子の父親は、彼らのうちの誰かでもおかしくはなかった。

それからもう一人。

馬鹿な男だわ、と女はかつての夫のことを思う。罪悪感によるものだかなんだかわからないが、後宮を出立する直前に自分のことを抱かなければよかったのだ。あのとき夫に抱かれなければ、自分は妊娠を知ったときに迷わず死を選んだだろう。

けれども迷ったからこそ自分は今生きていて、そして死なないかぎりは生きつづけようと思っている。

「ですが……ですが！」

苦しげに呻くのは、この村の長《おさ》だ。この村ができたころからいた人間で、先々帝の皇后への忠義にあつい人物だ。

そして、女の身代わりになって死んだ女性の親でもある。

ここで女の言葉を受け入れることは、彼にとって二重の意味で辛いはずだった。これまで捧《ささ》げてきた時間が無駄になること、そして娘が無駄死にしたということになること。彼をはじめとする女性の身内に対しては、申し訳ないという気持ちになる。だから、彼女なりにけじめをつけるつもりだった。

女はそのための言葉を発する。

「……新たな皇后に、忠誠を誓うのならば止めはせぬ」

村の者たちがざわめいた。それは女の首を手土産にせよという意味であるからだ。

女は、死なないかぎりは生きつづけようと思っている。けれども彼らは自分を殺す権利があり、彼らが選ぶのであればその意思に従おうと思っていた。

けれども彼らは戸惑いはしつつも、女を新皇后に差し出そうという方向へ話を持っていかなかった。

ほっとしたような、残念なような矛盾した感情に、女の胸が締めつけられる。

それはまだ迷いがあるのか、それとも妊娠中で感情の起伏が激しいせいか。

けれども女は自分のことを妊娠中ではあるが、「母」だとは思っていない。腹の子に愛着をまったく持てていないからだ。だからこそ村人たちに、首を持っていってもかまわないという発言ができたのである。

そもそも女は、子どもというものが嫌いであった。もちろん皇后の義務である以上、子を育てる心積もりではあった。けれども今腹の中にいる子には、なんの義務も持っていない。「愛着を持てていない理由」が単純に自分の生来の好みだけであることに、女は自分でも驚いている。

父親が誰であっても憎むべき相手だというのに。自分を殺そうとした夫か、自分を暴行したならず者たちか。

だから阿嬌《あきよう》という娘と一緒にいるのは、本来ならばもっとも不快なことである。だが、やることなすことが常軌を逸しているせいか「子どもだから云々《うんぬん》」というより、「阿嬌だから云々」という感じになっている。

そして阿嬌には母を死なせてしまったという負い目があるせいか、近くにいても「好きにしてちょうだい……」という気になる。

大人びた嬉児《きじ》のほうが、一緒にいて気は楽であるが、あれはあれで阿嬌を止めないという点に思うところはある。止められないのではなく、そもそも止めないし、阿嬌の意思を全力で後押ししようという姿勢がまったくぶれていない。

嬉児は阿嬌というたぐいまれな素材を最大限生かす子どもなので、できれば阿嬌と一緒に相手をしたくない。だがいつも阿嬌と一緒にいるので、かえって阿嬌に対するときより苦手意識を抱くようになっている。

「皇后陛下はこれから、どうなさるおつもりなのですか？」

「…………」

場にいた阿嬌の父親の問いに、女が沈黙で返したのは、「察してほしい」という意図によるものではない。虚をつかれたからだ。

女はごく自然に、彼らが自分と子どもの面倒を見るものだと思っていた。なんの疑問も持っていなかった。そんな自分を、疑うという発想すらなかった。

だがよくよく考えてみれば、彼らを解放するということは、彼らの女に対する義務からも解放するということだ。

なんという矛盾。自分で言っておいてなんだが、これは実に厚顔な考えといえよう。

――そうか、わたくしはこれから、この子と自分の力で生きなくてはならないんだわ……。

腹を撫でる手を止めて、女はどこか呆然《ぼうぜん》としていた。けれどもそれは悲観を伴っていない。小さな部屋に閉じこめられていたつもりが、実は壁などなかったと気づいてしまったような、圧倒的な開放感が女の心を包んでいた。

飼い馴《な》らされた獣が急に自然に返されたとしても、うまく生きていけるほうが難しいものだ。そもそも自然の中で生きていこうという発想に、至らない場合だってあるだろう。女が今置かれている立場は、まさにこれと同じものだった。けれども女はこの環境に対して、極めて前向きになっている自分を感じていた。

これからどうやって生きていこう。

いつ死んでもいい身ならば、どうやって生きてもいい。でもできることならば、うまくやりたい。

楽観はしていない。落胆することもあるだろう。だがこれから先自分は、死ぬまで悲観しないであろうという自覚があった。

「おそれながら」

不謹慎ながらわくわくしはじめた女に、阿嬌の父が頭を下げる。

「どうか拙宅へお越しいただけないでしょうか」

「なぜ？」

女は疑問に首を傾げる。彼らこそもっとも女から離れるべき存在であろう。大事な家族を死なせ、そしてその死を無駄にしようとしている。

けれども阿嬌の父は、そしてその親である老夫妻は女に頭を下げてくる。

「御身は私の妻の生きた証《あかし》でございます。そのようなお方を、みすみす死に追いやりたくはないのです」

——そうなのかしら……。

彼らの言い分を聞き、自分は彼女の死を完全に無駄にするところまでは、まだ行っていないのだと女は思った。

自分が生きていること自体が、彼女の死の手向けになる……そうであるならば。いや、そんな概念的なことに徹する必要なんてない。なるべく長く生きて、彼女の位牌《いはい》に線香を手向けつづける……それを目標にしてもいいではないか。

あのとき助けてくれてありがとう、と感謝できるようになるまで生き続けることを目指してもいいではないか。

あるいは腹の子。子どもだから嫌いだというのなら、大人になったら愛せるのかもしれない。自分がそうであるかどうか、確かめるまで世話をするのもいいのではないか。

そんな生き方をしてもいいではないか。

「……ありがとう、お言葉に甘えます。でも私はお世話になるだけではなく、色々なことをあなた方から教わりたいのです」

女は、ただの女として答える。そして周囲を見た。ほっとしたような顔をしている者たちばかりだった。

彼らはずっとそうだった。この村につれてこられてから、彼らはずっと女の意向を尊重してくれていた。女として「価値が下がる」辱めを受けたこの身を、汚らわしいものと見なすこともなく、ただいたわってくれていた。

あんな目にあっても自分の心が無事なのは、そのせいなのだと思う。後宮にいたときに比べれば、ここはずっと息がしやすい。あのころは、ひとつ呼吸をするたびに、ひとつ傷を受けている気持ちだったから。

いい人たちだ、と女は思った。

優しい人たちだ。

自分はこれから、この人たちと一緒に暮らしていく。寛という国への義理は、もう果したから。

でもこれから私、あの阿嬌と嬉児と一緒に暮らすのか……ということに気づいて、女が前言を翻したくなるのは、間もなくのことであった。

実際には翻したりしないけれども。

※

香炉から煙がくゆる。

一瞬ごとに変わる形のある瞬間に、それがまるで人の形に見えて、それまでぼんやりと煙を眺めていた鴻は瞬《まばた》いた。まるで、両腕を広げた人のように見えた。大好きな養母に見えた。

大好き、という言葉はどこか稚《いとけ》ない印象がある。鴻もそろそろ、そういう言葉を使うのも照れくさい年齢だ。だが、仮に大人になっても、その言葉を向けることを絶対にためらわない相手が鴻には一人だけいる。

血のつながりはない義母。父の正妻で、早くに実母を亡くした自分を慈しんでくれた人。

だが、自分の感情はそれに対する恩義によるものではないと鴻はわかっている。分別がつくずっと前から、義母が大好きだった。今も大好きだ。

むしろ恩義というものを知ってから、その気持ちの純粋さに翳《かげ》りが出てきたのを鴻は感じていた。

生《な》さぬ仲でその感情を持てる相手であることが、どれほど難しいものなのかを理解した。いつかは理解せねばならないことだったし、慕う養母が敬慕に値することを知るべきではなかったとは思わない。

けれども母を無心に愛し、そうであることに安心していることすら自覚していないほどのあの安らいだ時期はもう戻らず、それどころかどんどん遠ざかっていくのだろうと鴻は幼いながらも理解していた。

それは単に「生さぬ仲」の関係だからというだけではなく、養母が皇后であり、自分が皇太子であるということも原因になるはずだった。しかしその「原因」を取りのぞくことは、自分たちの死を意味する。

死ぬこと自体は別にかまわないのだと、最近の鴻は漠然と感じている。けれどもどうせ死ぬなら養母と一緒に死にたい。苦しまずにすめばなおのことといい。

以前、養母が妃嬪《ひひん》に茶に毒を盛られ、死の淵《ふち》に落ちそうになったことがある。あんな苦しい目にあわせながら養母を死なせたくないと思った。

それから、忘れられない記憶が一つある。

養母のことが心配でこっそり寝室を覗《のぞ》きにいったとき、意識を混濁させていた義母がふと目を開き、自分の顔を見て「文林」と呼んだ。

確かに自分は父とよく似ている。朦朧《もうろう》としていた義母が見間違うのも無理はない。だが、義母にとってこの顔を見たとき、どんなに苦しくても最初に出てくる相手は自分ではなく父なのだと、言い知れぬ寂しさを覚えたものだった。

もし養母と一緒に死んでしまうのなら、鴻が鴻であるとわかってもらったままで逝きたいと思っている。

眺める煙はすでになんども形を変えており、鴻の気を引いたかたちからはとっくにかけ離れていた。もう一度同じ形になるのを待つほど時間を贅沢《ぜいたく》に持て余しているわけではないので、鴻は目をそらして冊子を手に取る。もう少しで教師がやってくるから、昨日済ませた課題を見直さなければならない。

ややあって、鴻を呼ぶ声が耳に届いた。

「太子。先生の講説のお時間です」

当たり前だが時間どおりだ。

「わかった」

鴻は呼びに来た宦官《かんがん》に勉強道具を持たせると、私室を出た。

廊下を歩みながら背後に意識を向ける。静かに歩く宦官は父帝が鴻のためにつけた者だ。名を沈賢恭という。すらりとした体型こそらしくないのであるが、髭《ひげ》がなく皺《しわ》も多いあたりがいかにも宦官らしい。皺のせいで養母の父親ぐらいの年齢に見えるが、実際はもう少し若いのであろう。

彼の派遣が決まったとき、鴻は父帝とかかわりのある人間を好きになれないのではないかと思っていた。だが今ここに、意外に心を許している自分がいる。

それは賢恭が養母ともかかわりのある人間だからというだけではなく、そういう人間を自分に寄越《よこ》した父帝の配慮を不快には思えなかったからだ。

鴻は父帝のことをあまり知らない。さほど好きではないのは、今も昔も変わらない。けれども義母に対して純粋に一つの気持ちを持ち続けられていないのと同様、父帝に対しても一言では言いあらわせない気持ちになっていた。

それは鴻が養母から離れて、父帝と接触する時間が増えたからだし、父帝の自分にむける感情が以前よりも優しい……という感じはないが、拒絶する様子がなくなったからでもある。

同時に、養母と父帝の関係のいびつさを最近はひしひしと感じる。それは鴻が太子として学ぶにつれて、強くなる気持ちであった。

次代の皇帝として鴻は徳目を学んでいる。けれども皇帝としてあるべき姿を学ぶにつれて、父帝が皇帝として正しいありようを保っているのか、そうでないのかわからなくなってきている。

そもそも父帝が、養母のことを大事に思っているかどうかも鴻にはわからない。前提次第で父帝の人物像は大きく変わってしまうことに、戸惑いを覚えていた。

もし父帝が養母を「個」として大事に思っているのならば、彼の言動は皇帝としてはあってはならないが、養母の息子として鴻は安心できるし共感もできる。

だがもし父帝が養母を「駒」として大事に扱っているのならば、彼の言動は皇帝として間違ってはいないし、鴻も含めて手玉にとっているその手段に感銘も受けるが……。

父帝に対してそんなことを考えるのは不敬であるし、そもそも贅沢な悩みなのかもしれない、と鴻は考える。祖父など会ったこともないが、彼については話を聞くかぎりでも「皇帝の在り方」に思いを馳《は》せる以前の問題なのだから。

自分が嫡母である養母を大事にすることは、孝の観点から正しい行いだ。けれども父帝がもし女人として養母を大事に思っているのならば、それを優先して立后したというのならば、それは国家と民衆のために正しくない行いだ。

女を愛情にふさわしく遇することができないのが後宮で、後宮を持つのが皇帝で、皇帝が治めるのがこの国であるのならば……自分は大事に想う女を側には置くまいと鴻は考えている。

だから養母が宮城から出て離宮で養生している現状は、もしかしたら彼女と父帝と国家のために最善の状態なのかもしれないとさえ思うことがある。もしかしたら今がもっとも心穏やかに過ごせる最後の瞬間なのではないかと、鴻は一瞬一瞬を噛《か》みしめるように過ごしていた。

こんな気持ち、知らなくてはならなかったけれど、知りたくはなかった。

実を言うと生母ともろともに死んだ兄が、少しうらやましかった。

これから自分は異母弟、または異母妹が生まれてきたら、その生母と闘わなければならない。

※

異母弟は元気だろうか。

かつて鳳《ほう》と呼ばれた少年で、今は少女として扱われている嬉児は、最近よくそんなことを思う。

それはあの女性と暮らしはじめて思うことだった。

どういういきさつかは知らないが、女性は嬉児と同じくこの家の居候になった。元々文句の言える立場ではないし、なにより阿嬌が大喜びしているから、嬉児に否やはない。

けれども彼女が慣れない家事をしはじめているのには、少し驚いた。老夫婦、そして阿嬌の父は、これから先も彼女にかしずきながら生活するのだろうと思ったから。

嬉児は女性の素性は知らないが、かなり高貴な立場の人間なのだろうということは察している。立ち居振る舞いに、母と通じるところがあるからだ。もっとも今は、挙措も言動も、だいぶ庶民の生活に染まってきている……というか、本人がそうなろうと努めているようだけれども。

そもそも自分は老夫婦、そして阿嬌の父の素性も正確に知っているわけではない。けれども必要なことはわかっている。阿嬌の父、そして祖父母。それで充分生活できるし、女性に対しても同様だ。阿嬌の弟分か妹分の母親。それで充分。

女性と一緒に暮らすことになって、阿嬌は喜んで世話をやいている。女性はたまに阿嬌に対して疲れた眼差《まなざ》しを向けるのだが、それでも阿嬌が腹の子に呼びかけると優しい目をする。

「あたしの弟分！　元気!?」

阿嬌は腹の子に元気に挨拶《あいさつ》している。「今日は弟気分」だかららしい。昨日は妹気分だったそうなので、「妹分」と呼びかけていた。

「元気よ。今もお腹の中から蹴《け》ってる」

女性が答えると、阿嬌は喜んでぴょんと跳ねた。

「姐《ねえ》さん。腰は痛くない？」

豆殻を取りのぞく手を止めて、嬉児は女性に話しかける。困ることがあるとすれば、この女性への呼びかけであったが、万能な言い方である「姐さん」で落ちついた。

彼女の名前は一応、嬉児も聞いている。李桃《りとう》というらしい。間違いなく本名ではないけれど。

桃は嬉児の問いにちょっと驚いた顔をした。

「どうしてわかるの？」

「昨日、姐さんが何回か起きているなって思って」

彼女が寝る部屋は、嬉児と阿嫣の隣である。そして嬉児はけっこう眠りが浅い。

「ああ、うるさかった？」

ちょっとすまなそうにする桃に、嬉児は手を左右に振る。

「そういうことじゃないの。痛いときに言ってくれたら、私たちが腰を撫《な》でるよ。あとおばあさんに言えば、なにかいい解決法教えてくれるんじゃないかな」

なんといっても年の功だし、今この家で唯一出産経験のある女性だ。

「そうしようかなあ」

「今お豆のやつすぐ取るから、あたし撫でてあげる！」

阿嫣が俄然《がぜん》張り切りだした。桃がちょっと微笑んだ。

「ありがと」

まったく血のつながりがない三人が、家族として今ここにいる。それを思えば、鳳だったころ母にこだわっていた自分が馬鹿のように思える。

でも同時に、あのころの自分があんなふうだったのは無理のないことで、そして今嬉児として抱いている気持ちがすべての人間に当てはまらないのだということもわかっている。

そう思えるようになったのは、自分の視野が広くなったからではない。これまで、狭めることでしか生きていけない場所にいたからだ。

宮城——もう二度とあそこに行きたくはないものだと、嬉児は思った。

生まれ育った地にこれほどまで愛着を持てず、はるか異郷の敵国の地で今安らぎを抱いている。それほどまでのあの場所は人の気持ちを、価値観をねじ曲げる場所だ。

その場に一人残っている異母弟のことを、嬉児は思う。自分たちの嫡母が大好きで、兄に嚙みつくくらいの気概を持ったあの弟。今思えば自分は単に、異母弟に嫉妬《しっと》していたのだとわかっている。

あの恐ろしい場に残る彼が、なるべく歪《ゆが》まないでほしいと思うくらいには、嬉児は心に余裕が出来ていた。

嫡母であったあの女性も、自分と阿嬌に関係のない範囲で幸せになればいい。

でも父には、なるべく不幸な目にあってほしい。

仮に彼が、自分への接し方に後悔していたとしても……するわけがないか。

※

「昭儀さま」

午睡にまどろむ仙娥《せんが》に声をかけたのは、実家から伴った側仕えの女だ。仙娥にとって腹心といえる。

仙娥はゆっくりと目を開けて、「なに？」と問いかけた。

「お休みのところ申しわけございません。紅霞宮のほうに動きがあったとのことです」

仙娥はまだ膨らまぬ腹をゆっくり撫でながら、怪訝《けげん》さに眉《まゆ》をひそめる。

「皇后が不在なのに？　誰が動きはじめたの？」

「徐尚宮です」

「ふうん……そう……」

徐麗丹は、皇后不在時の紅霞宮の管理を担っている女官だ。皇后に肩入れするような女性には思えなかったが、自分はまだ後宮での生活は短い。こちらが把握していない、皇后とのなんらかの伝手《つて》があってもおかしくない。

あるいは単に管理しているうえで、不審な点に気づいて追及を始めただけなのかもしれない。そういう生真面目そうな女性でもあった。

「どちらかしらね……」

　軽くあくびをひとつして、仙娥は小首を傾げる。どうやら自分はとにかく眠くなる傾向のつわりらしく、どうも眠気が晴れない。

「まあいいわ。どういう動きをしている？」

「昭儀さまが、他の妃嬪《ひひん》たちに勧めた化粧品を調べはじめているようです」

「そう……どういう口実で調べはじめたのだか」

　仙娥は軽く目を細めたが、側仕えの回答を聞き、笑みをこぼした。

「韓婕妤の『事故死』について、とのことです」

「ああ、その程度の段階なのね……では手元にある物は、おいおい処分しなくては」

「明日にでも始めるつもりです」

「そこまで急がなくていいわ。ここで不審がられても困るから」

「肝に銘じます」

　生真面目な顔をする彼女の頰を、仙娥は軽くつまんで微笑みかける。

「気負いすぎないように」

「はい」

腹心の笑みを引き出してから、仙娥は再び自らの腹を撫ではじめた。

「徐尚宮には、なるべく協力してあげなさい。お前たちが使っているものも提供してあげるといいわ。不自然でないように振るまえるならば、わたくしが使用しているものを渡したっていい」

「はい」

女官が話しかけてきたついでに、仙娥は気になっていることを尋ねる。

「貴妃さまのほうはどう？」

「尻尾《しっぽ》を出しません」

「王太妃さまは賢い方ですものね……」

「さま」を付けるのは、彼女たちの動きにまだ納得できるところがあるからだ。

皇后に肩入れしている馮貴妃と王太妃については、思うところがある。だが、もしかしたら彼女たちが将来の帝位を狙っているかもしれないと思えば、その態度も整合性のとれるところがある。

ただの立場の違いによる対立であるならば、彼女たちに流れる血に対する敬意を捨てようとは思わなかった。

「賢妃は？」

けれども李賢妃については、そういうしがらみがないので、特に敬意を表さない。家格も彼女のほうが圧倒的に下であるし。

「相変わらず実家へと、働きかけているようです」

「まあ、悪くはないことではあるわね。足がかりを朝廷に作ろうというのは」

子もなく、後ろだてもそれほどではない賢妃が弟の尻《しり》を叩《たた》いて、官吏にさせようというのは、迂遠《うえん》ではあるが悪い手段ではない。今のところは売官のような違法なことに手を出していないことであるし、なにより弟が優秀な人物であるならば宸の国は一人人材を得るわけなのだから。

それにしても、李賢妃は皇后を見限ったとみていいだろうか……と仙娥は少し考えを巡らせ、結論は保留にしておく。

彼女は皇后に傾倒する妃嬪の筆頭だったと聞く。彼女がそうであった時期の状態を、仙娥は直接見聞したわけではない。だからどうも軽く見積もってしまいがちだが、そんな自分を意識的に戒めなくてはならない。

聞きたいことがなくなった仙娥は、女官に尋ねる。

「ほかに用件は？」

「ございます。大家から贈り物が届いております」

「そう、いつもどおりになさい」

「はい。記録して庫《くら》に入れておきます」

仙娥にとっては意外なことに、皇帝は仙娥の腹の子を認めるようだった。最近の太子に対する態度はともかく、皇帝は三人の我が子には比較的冷淡だったと仙娥は聞きおよんでいた。

だから場合によっては、身ごもった仙娥ごと「処分」に走るかもしれないと思い警戒をしていたのだが、ありがたいことに杞憂《きゆう》に終わったようだった。冷徹と名高い皇帝であるが、意外なほど情があるようだった。

――皇帝にとっては、「あんなかたち」で得た子だというのにね。

太子の「予備」がいない事実に、ようやく危機感を抱いたのであろうか。だとしたら彼にも皇帝らしいところがあったのだと、仙娥は少しほっとできるのであるが。

けれども皇帝自身が仙娥の宮を訪《おとな》わないあたり、なにかしらの葛藤《かっとう》らしきものが見受けられる。その葛藤を馬鹿馬鹿しいとは思わない程度に、自分は彼に対して、ひどいことをした自覚がある。

けれどもその「ひどいこと」をしようと自分が心に決めるに至ったのは、立場と感情をはき違えている皇帝、そして皇后に幻滅したからだった……これは明らかに責任転嫁ではある。

でももし……皇帝が、皇后が自らの職分に忠実であったのならば、自分は決してこのようなことはしなかった。持ちこんだ「毒」を廃棄し、新たな「毒」を持ちこむこともせず、皇后の忠実な部下として、皇帝に仕えていたに違いない……残念なことに！

けれどもそうはならなかった。だから今の自分がある。自分の腹の子がいる……ありがとう！

感謝の叫びは、皇帝夫婦に対するものだ。二人とも軽蔑《けいべつ》すべき存在であってくれてありがとう。おかげで自分は、同じように軽蔑すべき存在に墜《お》ちることができた。

仙娥は、腹の子に語りかける。

「早く、早く生まれておいで……」

そのあとの言葉は、内心でのみ呟《つぶや》く。

——そのあとだったら、お母さまは死んでもいいの。

でもその前に……。

「あなたを危険にさらすことを許してちょうだい」

仙娥は腹を撫でると、ため息を一つついた。

「ごめんなさい……なるべくあなたがびっくりしないようにするから……」

※

小玉が宮城に戻ってきたのは、予定どおりであり、また予定どおりではなかった。宮城は最近、そういう迂遠な事態ばかりに見舞われている感があるが、それはさておきこれは小玉と真桂、麗丹の根回しによる。

皇后の正式な帰還となれば、女官たちを引きつれて戻らざるをえない。けれども体調が回復して間もない彼女たちを動かすのは、三者完全一致で否決であった。したがってなんらかの事態にかこつけて、戻らざるを得なかったのである。

たとえば、皇太子の誕生の宴《うたげ》だとか。

鴻が立太子してから最初の催しである。嫡母であり、皇太子の養母である皇后が、皇太子を祝いたいという理由でわずかな供だけ連れて宮城に戻った……理由としては無理のない話だ。

けれども、実際にそれをやるとなると、白い目で見られる。

事実鴻を祝う宴で、小玉は自分が浮いているのを自覚していた。主役である鴻がためらいがちではあるが喜んでくれているようなのがなによりだったし、鴻のことを祝いたかったという気持ちは本当のものだった。

──この後は、貴妃の宮で休んで……。

舞姫の華麗な布さばきを眺めながら、小玉は後のことについて算段を立てる。今晩は紅燕の宮に泊まり、翌日「急に体調を崩して、しばらく宮城に留《とど》まる」ことになっている。

これで小玉の評価は低くなるだろうが、それでも戻らなくてはならないと小玉は思っていた。

文林と話をするために。

けれども彼と個人的に話すために、どう持ちかければいいのか……隣に座っているのに、どう声をかければいいのかわからない。

そんな彼女に声をかけたのは、文林の方だった。

「後で、俺の宮に来い」

※

「ずいぶんと元気になったようだな」

顔を上げた文林の顔は、ひたすらに凪《な》いでいてなんの感情も読み取れなかった。けれども色濃い疲労だけははっきりとわかって、自分が不在だったせいで、いたわる人間がいなかったのではないかと、小玉は文林の頭を抱きしめてあやしてやりたいような気持ちになった。

彼の気持ちを読めないのは、久しぶりに会ったからだろうか。

それとも、自分はもう彼の表情を読めなくなっていたのだろうか。

後者だとすれば、それはいつからなのだろう。そしてそれがもし、離宮に行啓する前からのことだったのならば、やはり自分は勝手な思い込みで動いていたのではないかと、小玉は悔やむ思いにかられる。

けれどもそれをまず、確認しなければならない。

「ええ、おかげさまで」

「まあ、座れ」

勧められた椅子に小玉が座ると、文林の部屋の中から人が消える。

「鴻にはもう会ったのか？」

「ええ。少し見ない間に背が伸びたわね」

彼は毎日のように文を送ってくれたので、離れていたという感覚が少なくはあったものの、やはり実際に見ると目覚しく変わっていた。

そういえば文林とは、個人的な文を交わしていないなと小玉は思った。けれどもそれはずいぶん前からのことで、自分は出そうと思うことすらなかった。

「文林……茹昭儀の懐妊のこと」

「ようやく聞きに来たか」

文林は少し笑った。ここで笑う彼に、やはりなにか事情があったのだと小玉は思った。

文林はややあってから、小玉に問いかけた。

「小玉、お前は俺が嫌いなことはなんだか覚えているか？」

唐突な質問に戸惑いつつも、小玉は答える。

「え……帳簿の不正と、女性への無理強い」

「そうだ」

文林は頷《うなず》く。

「後者のほうが嫌いな理由は言っていたな？」

「お義母《かあ》さまが……その……」

「そうだ」

覚えていないわけではなく、内容を口に出すのが憚《はばか》られて小玉は口ごもった。だが、文林は小玉の態度をあまり気にしていないようだった。もしくは他に気にすることがあったからかもしれない。

「だから俺は……意に染まない性行為は嫌いだし、皇帝になって後宮の相手をすることが義務になっても、せめて嫌がる妃嬪《ひひん》だけは相手にしないようにと思っていた」

「そうね」

かつて淑妃だった司馬氏など、「嫌がる」の対極に位置する妃嬪だった。きっと後宮に入ったころからそうだったのだろう。高《こう》貴妃はどうだったのだろう……彼女が身ごもった時期は、小玉がまだ後宮にいなかったのでわからない。けれどもその点において文林は、たしかに一定の注意を払っていたと小玉は思う。

「だがな……俺は自分がその対象になるとは、思ってもいなかった」

唐突に変わった話題に、小玉は慌てて頭を働かせる。

それはつまり……茹昭儀に？　いや、違う。


「……茹昭儀が？」

「ああ」

「……え？」

肯定されてなお、小玉はもう一度聞きかえす。それは小玉にとって、発想の埒外《らちがい》のことだったからだ。

けれども文林は否定するどころではなく、明確に口にした。

「茹昭儀と茹王に謀られて、強引に関係を持たされたのだ……と思う。『そのとき』のことは、意識が朦朧《もうろう》としていたが」

「どうして言ってくれなかったの!?」

声を荒らげる小玉に、文林は凪いだ目をよこす。

「小玉、お前はもし……誰かに乱暴されたとして、それをすぐ俺に言うか？」

「……言わない、かもしれないけれど、でもいつかは必ず言うし……それに」

「『男と女は違う』からか？」

小玉の言わんとすることを、文林が先読みして言う。

「男が女に無理強いされることは、大したことじゃあないからか？　むしろ美人と関係を持てて、いいことだからか？」

「文林？」

どこか嘲《あざけ》るような言い方に、小玉はただならぬものを感じる。

「むしろ、そんなことで傷つくような男がいるわけがないからか？　発想自体がない……そうだろう？」

小玉は焦って言葉を紡ぐ。

「違う文林、気づけなかったのはごめん、でも」

自分はなにを言っているのかわかっていない。けれど理解したことがある。

あのとき小玉が文林を見限っただけではなく、文林も自分を見限ったのだ。この女は自分に寄りそえない相手なのだと。

小玉はなんとなく、雅媛の作品の挿絵を思い浮かべていた。あのとき女だからこんなことができるなんて決めつけはどうだろうか……と思っていた。けれども今、逆のことを文林に対して思っていた自分に気づいた。

「文林、ごめん」

謝る小玉に、文林は存外優しい声をかけてくる。

「謝ってほしいわけじゃない。むしろ俺が謝るべきことなんだ。あのときお前だけは察してくれるだろう、お前だけは理解してくれるだろうと思った。けれどもそんなことはなかった……そのことに、俺は勝手な期待をお前に押しつけていることを、ようやく、本当の意味で理解した」

「文林、それは……」

事実だ。重責に感じたこともある。けれども、それを今、もうすでにこうなってしまった今、口に出されるのか。小玉の胸中がまるで墨がぶちまけられたように、真っ黒く染まっていく。

「お前の人生を、俺は自分の勝手な期待で食いつぶした」

ああ確かに認める。自分はこの男に執着され、自分の人生を食いつぶされた……全てではないが。

そしてそのことに、自己犠牲に酔ったような、精神的に文林の優位に立ったような気になっていたのだ。

文林の「自覚」は今、小玉の「自覚」をも促した。

「だから……あたしを解放してくれるっていうの？」

皮肉げに笑う小玉に、文林は「いや」と首を横に振る。

「それはあまりにも無責任なことだ。なにより『解放』とはいえない。ただの『放置』だ。むしろ俺は、お前に執着していた俺を一度解放してやりたい」

「それって、同じことでしょう？」

「違うさ」

「どう違うの」

「少なくとも、俺はお前ともっと冷静に付きあうことができる」

それってつまり、もう自分に対してあの執着を持たないということなんでしょうと言いかけて、小玉は奥歯をぎりと噛《か》みしめる。

かつての自分が、文林の気もちをわかっていて、確かに心地よさを感じて、それでいて応《こた》えない自分にも心地よさを覚えていたのだということを理解したのだ。

「もうあたしは、あんたにとって特別ではないということね」

まるで自分を捨てる男に吐く恨み言みたいだと小玉は、自嘲《じちょう》しながらも言わずにはいられなかった。

もう彼と、言葉足らずなままずれ違うのは嫌だったから。

「そんなことはないさ」

文林の返事は意外なものであったし、存外な優しさを帯びていた。

「少なくともお前は、俺の言葉を嘘だとは言わなかったし、俺の感情を否定したりはしなかった。そんな女は、俺の身近にいる中でお前しかいない。ありがとう」

その言葉に、小玉は少し泣きそうになった。彼は自分に失望しながらも、それでも自分のすべてを拒絶しようとはしない。

「それにな……小玉、椅子を近くに寄せてくれるか」

「……？　ええ、わかったわ」

小玉は椅子を持って、文林の近くに寄る。

「もっと近く」

「ええ……？」

だいぶ近づいたと思ったのに、もっとと言われ、小玉はもういっそここまで近づければ文句はないだろうと、文林の隣に椅子を置いた。

さすがに近すぎると言われると思ったのだが、文林はそんなことは言わず、早く座るようにと指図する。本当にこれでいいのかと思いながら、小玉は文林の隣に座った。

「手を」

「はい」

犬みたいだなと思いながら、左手を差しだすと、文林は自身の右手で握ってきた。そして左手で、握った手をぽんぽんと叩《たた》く。

「お母さんですか……？」

「せめてお父さんと言ってくれ」

こんな場であるにもかかわらず軽口を叩いてしまった自分を恥じたが、すかさず返してくれた文林に小玉はどこかほっとする。これまで自分たちが築いてきたものが、すべて失われたわけではないのだ。

「じゃあどういう意味？」

「俺は今、女とはこんな接触をするのも嫌だ」

「……え」

彼が受けた心の傷は、小玉が理解したつもりのものよりもずっと深いものだったらしい。だがそうなるのは無理もないのだということを、次の言葉で察した。

「俺は……『あのとき』、自分に母を重ねた」

「文林……」

精神的には非道なほど強固な文林の心の柔らかい場所、むしろその柔らかい場所のために他を強固にしなくてはいけなかったくらいの弱いところを、彼は突かれてしまったのだ。

それが小玉にはわかった。

「母はどれほど嫌で、辛《つら》い思いをしたんだろうな……。俺は母のことを決して好きだったわけじゃあない。愛された覚えはまったくないんだ。けれども憎まれた覚えはないことにも気づいた。母の心は壊れていたが、自分を痛めつけた男の子が俺であることは理解していたんだ。当たられても当然だった。けれどもそんなことはしなかった……皮肉なことだが、俺は、初めて母に愛されていたと思った」

「文林、辛いことなら話さなくていい」

微《かす》かに震える文林の手を強く握りしめて、小玉は言う。

「辛くはないんだ。むしろ、話せる相手がいるということが嬉《うれ》しい。信じられるか？　お前が戻ってくるまで、俺の心にいちばん寄りそっていたのは賢恭だった」

それは重傷だと小玉は、こくりと唾《つば》を飲む。

「実をいうと俺は今、女というものが気持ち悪い。色々な女を傷つけて死なせた罰か、これは……」

「あんたがあたしと同じくらい、どっかで罰を受けるに値する人間なのは間違いない。だけど、それとこれと一緒にするもんじゃないわ……でも、なんであたしは大丈夫なの？」

素朴な疑問だった。けれども一種の期待はあったのかもしれない。

「お前の手が硬いからだろうな。柔らかい手に触れられるのが、俺は今一番気持ちが悪い」

「…………」

自分がまだ特別であることに、うっかり喜びを覚えてしまった罰なのか、文林は小玉の内面性とまったく関係ない答えをよこした。

「それって……単に、あたしがごついからってことじゃないの」

「そうだ。だが、それも含めてお前はお前だろう？　お前の体は、お前の人生そのものだ」

褒められたようで褒められていないのに褒められた気がする……わけのわからない感情に、小玉は表情の選択に迷ってしまった。

「だから多分、どこかで割りきったら、お前に対して新しい気持ちで接することができるんだと思う……」

「そう……待ってほしいってことね？」

確認すると、文林は深く頷《うなず》いた。

「ああ」

ならば、待とうと思った。

「文林、茹昭儀のお腹の子どものことをどう思っているの？」

文林と手をつないだまま、小玉は気になっていたことを聞く。

「俺は……『あのとき』自分と母を重ねた。そうして宿った子どもに、今俺を重ねている。わがままだと思うか？」

「…………」

そんなことない！　と言えなかったのは、小玉の中にある嫉妬《しっと》のせいだ。そう、かつての優越感を抱いていた小玉なら、あんたができた子どもをかわいがることができそうでよかった！　といい人めいて喜ぶことができただろう。けれど今の自分は、そう思うことができなかった。

「茹王と茹昭儀はいつか排斥する。だが生まれた子は……」

それに、「それなら、あの子たちはどうなるの？」と思ってしまう自分もいる。母に殺されてしまった鵬《ほう》のこと、祖父に殺された鳳のこと。

その死に無感動、またはそれに近い状態だった文林のこと……。

「鵬と、鳳のことを最近思いだす」

考えていることを察されてしまったのかと肩を揺らした小玉だったが、文林は独り言を呟《つぶや》いているつもりのようだった。

「俺は……ひどい父親だった」

「後悔しているのね」

「ああ、後悔している」

「自分勝手だと思う。鴻とのことも含めて」

「そのとおりだ」

思ったことを口にしあう関係は、存外殺伐としないものであった。

「でもいいわ。そういう自分勝手にあたしも付きあう。あたしも大概自分勝手だから」

小玉がそう言って手を強く握ると、文林も強く手を握り返した。

※

紅燕に通された部屋は、きれいに片づいてはいたものの、ひんやりとした空気を放っていた。

客室らしいよそよそしさを放つ部屋の中、鏡を前にした小玉は自らの頬を撫《な》でる。つるりと……というほどの滑らかさはなかった。いくら女官たちが日々美容に気を使ってくれているからとはいっても、こんなものだ。

老いた、とは数年前から思っていることであるが、自分は順当に年をとってきていると小玉は改めて思うのだった。

女官たちの努力の成果が出ていないというわけでは、もちろんない。しかしそれは荒れを防ぐだけであって、劣化を押しとどめるものではなかった。

小玉は三十代の前半までは、めかすことの優先順位は低かったし、入宮からしばらく経っても迫りくる美容の攻撃から逃げようとすらしていたのだから、今こうなっているのは自然な流れといえる。当時の自分の性質、背景、置かれた環境などを踏まえれば、ああいう態度になるのは無理もない。

そんな自分に後悔はしていない。ただ納得している。

自分は、自分という人間が持った性質に、そして送ってきた生き方に沿ったかたちで老いている。老いは自らの集大成ともいえる。

よく笑うせいか目尻《めじり》のしわは特に目立つようになったし、筋肉質だった体には、いわゆる贅沢《ぜいたく》なお肉が乗りはじめた。下腹に肉はついても、胸にはつかないんだな……という人体の不思議というか不条理を、主治医にはぜひときあかしてもらいたいものだ。

もっとも、乳房がそこまで垂れなかったのは、自分の大きくもなければ小さくもない胸のおかげといえるかもしれない。

思えばあの文林でさえ、やはり老いてきている。それで美貌《びぼう》に凄《すご》みが出ている……ということもないので、彼はやはり人間だったのだなとおかしなところで感心してしまった。

以前に比べれば、体を動かす機会がめっきり減ってしまった文林の筋肉は落ち、そのせいか手足がよく冷えるようになったと訴えている。服の上からでもわかるくらい下腹にも肉はついている。

髪の毛はあの復卿《ふくけい》のお告げとやらで、最近つやつやしているものの、二十代のときよりは確実に細くなってきていて、そのうち笄《かんざし》で髪をまとめるときに量が足りなくなるのではないかというのが、小玉の心配である。それに比べれば自分などはるかにましだ。

男性は女性ほど派手に髪が傷むような結髪《けっぱつ》の仕方はしないが、いつもだいたい同じ位置で髪を束ねるため、元結の部分が傷みやすい。

傷むとどうなるのかというと、わかりやすく言えば、はげる。

周囲はふさふさでも、その部分だけはげる。場合によっては周囲もふくめて全体的にはげる。

じゃあ女性はそうでもないのかというと、元結の部分はある程度変えられるにしても限度はある。つまり、やっぱり部分はげができる。それも老いも若きも関係なく、しかも慢性的に。

特に高貴な女性は自前の髪の他に色んな飾りを上乗せするし、髪型を固定するために針金を使うこともあるので髪の付け根への負担は大きい。結いはじめて数年で頭に部分はげができるものだというし、女性が美容について語りあうときにけっこうよく出てくる題材だ。お天気の話と、亭主への愚痴なみに「あるある」とお互い頷く類《たぐい》の。しかも貴賤《きせん》を問わない。美はやはり犠牲を伴うものなのだ。

まだ髪を下ろすことの多い紅燕はそういったところはないようだが、真桂には部分的に薄くなっている箇所があるみたいだし、多分あの司馬氏にもあったのだろうなと、小玉は思っている。

そしてその部分を隠すために、それはもう涙ぐましい努力があるのだが、付け毛にしている小玉は特にはげてはいない。ただ、付け毛にする直前――つまりは髪を切ったころには部分的に髪が薄くなっていた部分があった。

小玉は早めに処置？　したおかげではげの葛藤《かっとう》から逃れられたわけではあるが、付け毛の状態で豪華に結うと、結っている最中だけ特定の箇所がきりきりと痛んで体調によっては吐き気を伴うほどになるので、これはこれで苦労がある。でもこれは鍛錬だと思うことにしている小玉だった。

その小玉が付け毛になったのは、遡《さかのぼ》れば十代の初陣の際の出来事に行きつくわけであって、頭にはげができないような老い方をしているというのも、よく考えると小玉の過去や生き方の帰結といえる。

そう、自分の体は、自分の生き様、そして多少は性格が反映された結果なのだ。

その体を好ましいと思っていると文林に言われ、嬉しいと思ってしまった。これでいい、のではなく、これが欲しい言葉だった。

——今日はもう休もう。

小玉は一つ息をはくと、鏡に布をかぶせた。そして寝台へ向かおうとする。

その足が止まったのは、わずかな喧噪《けんそう》を察知したからだった。

わずかに間を置いて、こちらに向かう足音が聞こえてくる。さすがに貴妃の宮に武装して入れるわけもないので、小玉の手元に武器はない。

小玉は鏡台の前に置いた笄《こうがい》を一本手に取り、懐に入れた。そしてもう一本を利き手に持つ。寝る前の身軽な服装でよかったと思いながら。

「娘子《じょうし》！」

わずかに身構える小玉の前に飛びこんできたのは、女官ではなく宮の主《あるじ》である紅燕その人だった。もうそれだけでただごとではない。

「あ、ああ……」

飛びこんできたのはいいものの、彼女は言葉を発さない。それは息切れしているからというわけでもないようだった。

「落ちついてください」

小玉は持っていた笄を置いて、紅燕の細い背中を撫でた。動転している彼女を落ちつかせることを優先すべきだと考えた。

喧噪はこちらへと向かってくる。


——無礼な！

——娘子と貴妃さまの御前《おんまえ》ですよ！


小玉は目を細めた。

「まさかこんなかたちであんたと会うなんて」

言って「いや、どちらかというとこんな場所で」と続けるべきかなと小玉は思った。こんな場所とは牢獄《ろうごく》である。

もっと詳しく言えば、牢の中に小玉、外に文林という配置である。これはちょっと想像したことのない面会である。

「俺もだよ」

疲れた顔の文林は、この一件でだいぶ奔走したようだった。

※

あの後、客室に押し入った宦官《かんがん》たちに小玉は捕縛された。

諸々と引っ立てられたのは、紅燕に累が及ぶと考えたからだ。それでも罪状を問いただしはした――巫蠱《ふこ》だという。

なんでも、安静にしていた茹昭儀が急に嘔吐《おうと》し、腹を抱えて苦しみだしたという。医師の治療により流産は免れたものの、寝台が汚れたため部屋を替えると、茹昭儀は急に顔色がよくなった。

　そこで怪しんだ医師の指示で調査したところ、茹昭儀が使っていた寝台の下から偶人が出てきたという。直後、女官の一人が自室で縊死《いし》したのが発見されたため、実行犯は彼女であることがほぼ確定したが、呪った主犯はおそらく……皇后！

……という、誰かの鋭い推理で小玉の拘束に踏み切ったのだという。

いやあ、できすぎですね、と聞いた小玉は思っている。

この展開、雅媛大先生が聞いたら鼻で笑うか、それとも地団駄を踏むか。すくなくとも彼女は、もうちょっと捻《ひね》ってくれるはずである。彼女の書いたものに色々思うところはあるものの、それでも話の運び方を高く評価している小玉であった。

ただ、彼女に書かせるともしかしたら、また作中で小玉が空を飛ぶことになるかもしれないが……。

　なお巫蠱は大罪中の大罪なので、相手が皇后だろうと一発で廃されて死罪になるくらいの代物である。だから仮にも皇后相手の、拙速ともいえる拘束も緊急措置として許される。

実際に小玉が呪っているという前提が、成立していればの話ではあるが。

小玉が勾留《こうりゅう》されたあと、いくらなんでも皇后が戻った直後にそんなことが起こるなんて不自然であるという声はもちろん起こったらしい。その中心は紅燕だった。

だが反論する声もあった。それは、本来ならば入手の段階で規制にひっかかったり、発覚したりする偶人をなんなく後宮に持ち込めたのは、後宮から離れていて、そして後宮に身体検査もなく入ることのできる、皇后だからこそというものだった。

なるほど、確かにそれは説得力があるぞと、聞いた小玉はちょっと感心してしまった。

もちろんそれどころではないし、不安ではあるのだが。

なおその様子を教えてくれたのは、そっと差し入れしてくれた、鴻の乳母である。一緒に宮城に戻っていた清喜は、勾留と尋問をされているらしい。

今いちばん不安なことは彼のことだ。後宮での尋問は、往々にして拷問になるという……。彼がもし苦しみに耐えかねて虚偽の申し出をしたとしても、決して責めまいと小玉は思った。それだけの恩義が彼にある。

おそらくありえないのだけれども。

けれどもありえないのだとしたら、最終的に行きつくのは清喜の死だ。

それに不安は彼に対してだけではない。小玉の庇護《ひご》下に置いていた鴻、そして小玉の唯一の身内である丙《へい》。小玉の旧来の部下たち。

自分のことよりも、他の者に危険がせまることのほうがよほど恐ろしかった。

文林とのあのときのやりとりを思いかえす。

――文林は、助けてくれる。きっと……。

できれば彼の言葉を直接ほしい……そう思って膝《ひざ》を抱えていたら、本人が来てくれて、小玉はだいぶびっくりしたのである。

「まさか来てくれるなんて思わなかった。だいぶ無理したんじゃないの？」

「ものすごく無理をした」

「そうでしょうね」

明らかに人目を忍んでいる、という様子である。あんたらしくないなと目で伝えると、文林は苦笑した。

「直接言わなくても信じてもらえる……とかはもうなしだ。もう諦《あきら》めよう。俺は諦めることにした。俺たちはそういう美しい関係とか維持できないし、維持しようとしたら駄目になるんだ」

「いきなり割りきったね、あんた」

——そこまで極端に走らなくていいんじゃないかな。過去にそれでうまくいったことだってあるわけだし……。

そんな小玉の内心をよそに、文林は早口で伝える。あまり時間がないのだろうということは、明白だった。

「まあ当然限界はあるんだが、なるべくお前に伝えておく。まず清喜は無事だし、鴻も丙も無事だ」

「ありがとう……！」

声を潜めながら叫ぶという矛盾したことを実行しながら、小玉は文林を拝んだ。彼の言ったことが今実感できた。なにも言われなくても頑張れば信じていられるが、彼に直接言葉をもらった今の安心感たるや……。

膝から一気に力が抜けるのを感じる。けれどもなんとか踏んばった。

「これからの動きだが、お前を一度冷宮《れいきゅう》に送る。それ以降のことは、李賢妃がお前の支援をする」

「冷宮……」

罪を得て、廃された后妃が送られる場所の慣用的な名前だ。つまり小玉は皇后の位を剝《はく》奪《だつ》されるということが確定したのだ。

望んで得た地位ではなかったが、身に覚えがないことで奪われるとなんだか腹が立つ。綵が夫と妾《めかけ》との関係で言っていたことを、図らずも今納得できてしまった。本人に言ったら「ちょっと違います」と言われそうではあるが。

とはいえこの状況にまで至った今となっては、命があればなんだってかすり傷と同じようなものだ。

それにもう一つ気になることがある。

「李賢妃はどうやって……？」

小玉が宮城に戻ってからどこか距離を置いていたし、小玉が勾留されても擁護する集団には含まれていなかった人物の名前を聞いて、小玉は目を瞬《まばた》かせた。

「説明する時間がないから、これは鄭綵に伝えておく」

真桂以上に想定していなかった人物の名前が出て、小玉は耳を疑った。

「綵？　なんで綵？」

「お前と一緒に冷宮に入ることが決まったからだ。理由は本人から聞いてくれ。じゃあ」

そう言って文林は足早に立ち去っていった。


結局、疑問のいくつかは解消されたが……あらたに疑問を生じさせた密会となった。

それでも「いらないいんじゃないかな、今の時間……」と思わなかったのは、不安についてはおおむね解消されたからだ。

なるほど、自分たちはやはり以前と同じようではいけなかったのだ。


そんなやりとりがあったから、今小玉は悲観していない。


「茹昭儀への呪詛《じゅそ》の罪で、関氏の皇后の位を廃し、冷宮へと送る！」

「賤妾《せんしょう》、謹んでお受けいたします」

見知らぬ宦官の詔勅を跪《ひざまず》いて受けながら、小玉はこれからの動きを検討しはじめた。

「娘子《じょうし》！」
「そんな、娘子が！」

口々に呼ばれるが、声に顔を向けない。今の自分は「娘子」ではなく、うっかり反応してしまえば罪を上乗せされる可能性がある。なにより呼ぶ者を見たら、彼女たちに累が及ぶかもしれないから。

粗末な麻の服を着せられ、うっかり懐かしさを感じながら引っ立てられている小玉は、無表情のまま先のことを考える。

——さあ、自分はこれからどう動く？

※

「皇帝陛下、万歳！　万歳！」
「皇后陛下、千歳！　千歳！」

廷臣たちからの言祝《ことほ》ぎを受け、梨妃あらため梨后は満面の笑みを浮かべる。

「最高の式典にしよう」という夫の言葉はぬかりなく実行され、立后の儀式はこれまでの例にないくらい華やかに、荘厳に行われた。準備に数か月かかったが、それも納得の素晴らしさだった。


——勝った……。


もう何度目かわからない勝利に、梨后は酔いしれる。前の皇后は皇太子妃の立場から夫の即位に伴って皇后に繰り上がったため、必要最低限の儀式しかしなかったと聞く。けれども自分は違う。皇帝が、自らの意志で迎えた皇后だ。そしてこの国において初めての、一国の君主でもある皇后だ。

おかげでたかだか寵姫《ちょうき》風情がこのような大それた儀式を……という声は、上がらなかった。

上げさせなかったといってもいい。

なぜなら今の自分は、この国に来たときと違い、この儀式を以《もっ》て迎えられるだけの価値がある女なのだから。

「皇后」

隣の夫が呼びかけてくる。彼に「皇后」と呼びかけられることがあまりにも嬉《うれ》しい。梨后は半ば陶然としながら返事をする。

「はい、陛下」

「体は大丈夫かい」

その言葉に、梨后はますます笑みを深める。彼女は二人目の子を懐妊していた。

「はい。この子はとても親孝行な子のようですわ」

幸い、元々つわりがひどくなく、おかげで今日の儀式に伴う布をふんだんに使用した衣装や、色とりどりの装飾品を伴って結う鳳髻《ほうけい》も、梨后にとってはあまり負担に感じられなかった。

むしろこの重みが、責任の重み、夫からの愛の重みだと思うと、嬉しさや誇らしささえ感じてしまう。

「さすがは君の子だ」

そう言って手を握ってくる夫の手を握り返し、梨后は再び辺りを見回す。今自分は、この国でもっとも幸せな女に違いない。

そう、それは間違いない。

そして、梨后の人生の中においても、このときがもっとも幸せな瞬間だった。

この日、一つの国で皇后が廃され、一つの国で皇后が立った。

あとがき

去年発売した零幕《ぜろまく》四のあとがきで、あとがきが苦手的なことを書きましたよね。今回は六ページもあるんです。

あとがき、なにを書けばいいかなあ……と思いつつ、シャワーを浴びていたら、いきなり鼻血を出しました。シャワー浴びているときの鼻血って、ほんとうに悲惨な感じになりますよね。濡れているせいで顔中に血が広がるし、床に垂れて犯罪現場感漂うし。

それでも鼻にキッチンペーパー突っ込んで、身体と床を洗って、ちょっと横になりながらあとがきのこと考えて、三十分くらいしたらまた悲劇です。

さあそろそろ鼻血止まっただろって、キッチンペーパーのつっぺ（これ方言なんですか?）を軽率にも鼻から引っこぬいたら、バタタッて音立てるくらいの量の血が鼻から落っこちてきました。

手で受け止められればよかったんですけどまったく間に合わず、枕カバーどころか枕にまで染みこむくらいの大惨事。今度はサナトリウムの喀血《かっけつ》した患者の部屋感が漂ってしまいました。

なんという悲染《し》み……とかしょうもないことを思いついてしまった自分にがっかりしつつ、枕とカバーをセスキ炭酸ソーダ入りの水に浸《つ》けこんで今に至ります。あとがき書くのが嫌いすぎて、体が拒絶反応起こしたんじゃないかとちょっと思ってます。

生活するということは、大事なことではあるけれどそんなに美しいことではない……そんなもんです。

この巻でも、小玉《しょうぎょく》たちの生活のそんなにきれいじゃないところにも触れています。きらびやかな女性の生活にも、相応の悩みはあります。

また第一幕から書いていることですが、小玉自身それほど美人ではありませんし、能力もかなり偏っています。そんな人間が伝説として、どんどん美化されて実情からかけ離れていく……その過程を書いているのが『紅霞後宮物語』です。

桐矢隆《きりやたかし》先生の表紙や、栗美《くりみ》あい先生のコミカライズの小玉たちは、伝説化されたあとの『紅霞後宮物語』の人物像に近いため、見比べるとこの巻で小玉が感じているギャップを体感できるのではないかなと思います。

コミカライズのほうは、独自の展開になっていくことが決まりました。どういう話の運びになるのか、今から楽しみですね。

またコミカライズの第九巻もこの本と同時発売です。いつもあとがきで同時発売キャンペーンをご案内しているのですが、今回もございます。お好きなページの複製原画に、栗美あい先生と私がサインをします。

原作は第一幕のあとがきで書いたように、夫妻も含めてどいつもこいつもロクデナシのまま、夢も希望もあんまりなく進んでいます。

いや実際ロクデナシですよ、みんな。彼女たちは頑張っている人間ですが、他の頑張っている人間を踏みにじってもいます。少なくとも、小玉に殺された敵の兵卒なんかは、家族が不幸になっていますしね。こういう時代のこういう階級の人たちを書くって、そういうことです。

それにしても、全然紙面が埋まりません。

文章を書くことについて、基本的に適性がないんでしょうね私。

考えるぶんにはいくらでも時間をかけられるのに、書くことについてはとにかく早く終わらせたい人間です。原稿にしたって初稿は最低限プロットを消化しているだけで、とにかく量が少ないです。書きすぎて削るというのは、私にとっては夢のまた夢です。

音声入力を取りいれてみたりとか、小手先の技でどうにかしようとしていますが、今のところそんなに効果は見られません。

それでもこの仕事をやっているのは、ひとえに自分が読みたいものを書かせてもらっているからなのでしょうね。

初稿から編集担当さまとのやりとりで、ここを足したり、あそこを足したり……という作業がずっと続きます。まるで増改築を繰りかえしたウィンチェスター・ミステリー・ハウスのようですが、本物のウィンチェスター・ミステリー・ハウスほどミステリーにもカオスにもならないのは、原因が別にオカルトではないことと、担当編集さまのご尽力のおかげですね。

そのぶん、先方にはご負担をかけている自覚があります。この春、長らくお世話になった二代目の編集担当さまが三代目の方と交代しました。つまり、私が足を向けて眠れない方が、この世にもう一人現れたということです。

あいかわらずだらだらと加筆していたので、この方には第十一幕の改稿の途中から担当していただくという、とても中途半端なことになってしまいました。しょっぱなから足を向けて眠れません。

このあとがきを書いているとき、世は新型コロナウイルスでえらいことになっています。この本が発売される時期には、今より落ちついているといいのですけれど。おかげで新しい編集担当さまとも、まだ顔を合わせられていません。

私自身は今のところ元気です。本業のほうも在宅勤務が始まったので、大人しく家に引きこもっています。

ただ一定の期間内で、いちばん口に出した言葉が「コロナ」だというのはなんだかしゃくに触るので、毎日甥《おい》っ子たちの画像を見て「かわいい〜」と言っています。

実は今年、姪《めい》っ子が生まれました。初めての女の子です。まだ会えていないのですが、この子に元気な姿で会うために、また甥っ子と姪っ子と祖母の健康を間接的に守るために、気合いを入れて引きこもっています。

小説をずっと書くためとか、なにか高邁《こうまい》な志で頑張っているのではないので、読者諸氏をがっかりさせたかもしれません。でもこれがいちばんモチベーションを保てます。

みなさまもどうか、ご自身と大事な方のためにご自愛ください。

あとがきを書き終わったところで、ちょうど鼻血が止まりました。やはりあとがきは、体に悪いらしいです。
それではこれから、枕を洗ってきます。

二〇二〇年四月二十六日

雪村花菜《ゆきむらかな》

富士見L文庫

紅《こう》霞《か》後《こう》宮《きゅう》物《もの》語《がたり》　第《だい》十《じゅう》一《いち》幕《まく》

雪《ゆき》村《むら》花《か》菜《な》

2020年6月15日　初版発行
2024年11月30日　再版発行

発行者　山下直久
発　行　株式会社 KADOKAWA
〒102-8177　東京都千代田区富士見2-13-3
電話　0570-002-301（ナビダイヤル）

印刷所　株式会社 KADOKAWA
製本所　株式会社 KADOKAWA
装丁者　西村弘美

定価はカバーに表示してあります。

◆◆◆

ISBN 978-4-04-073679-2 C0193